© 2022. © Susie Norman, Éditions Encre de Lune.

Tous droits réservés.

Le Code de la propriété intellectuelle interdit les copies ou reproductions destinées à une utilisation collective. Toute représentation ou reproduction intégrale ou partielle faite par quelques procédés que ce soit, sans le consentement de l'auteur ou de ses ayants droit, est illicite et constitue une contrefaçon, aux termes de l'article L.335-2 et suivants du Code de la propriété intellectuelle.

Crédit photo : © adobestock

ISBN Broché : **978-2-487926-13-4**

Éditions Encre de Lune, 21, rue Gimbert, 35580 Guignen

Courriel : editionsencredelune@gmail.com

Site internet : www.https://editionsencredelun.wixsite.com/website-1

Cet ouvrage est une fiction. Toute ressemblance avec des personnes ou des institutions existantes ou ayant existé serait totalement fortuite.

Impression : Libri Plureos GmbH, Friedensallee 273, 22763 Hamburg (Allemagne)

Dépôt légal : Juin 2023

« *La haine est un sentiment facile ; l'amour est plus compliqué, il faut vaincre ses défenses et se laisser aller.* »

Tahar Ben Jelloun

Dédicace

PROLOGUE

Un jour, quelqu'un m'avait dit que l'amour venait souvent après la haine. Il était clair que cette personne n'était pas née dans les bas-fonds de Kadhrass, là où seule la haine te permettait de survivre, là où l'amour était un sentiment porté disparu.

Fruit, comme trop d'autres enfants, d'un viol entre la race dominante des mages noirs et l'innocence d'une captive, j'ai commencé ma vie ici, sur les Monts Oubliés. Je n'ai jamais rien su de ma mère, décédée lors de l'accouchement, ni de ce qui aurait pu se rapprocher d'un amour maternel.

La cité de Kadhrass avait été créée trois cents ans auparavant par un groupe de sept hors-la-loi, surnommés les Démoniaques à cause de leurs obscurs méfaits. Ils fuirent le courroux de leurs semblables et osèrent s'aventurer dans les montagnes sauvages, au-delà des limites du monde connu. Dans leur expatriation, ils découvrirent que les grottes du Pic Mystérieux recelaient d'un minerai extrêmement rare aux propriétés extraordinaires. Ils baptisèrent cette énergie nouvelle *Béalion*, ce qui, dans la langue ancienne signifiait « miracle ».

Les premiers habitants des terres d'Icarios possédaient en eux une magie, mais la plupart l'avait oubliée. Contre toute attente, cette pierre, liée à leurs aptitudes naturelles, permit aux Sept de créer la vie sur le néant, là où tout espoir avait été abandonné.

Au sommet de la montagne, les Démoniaques entreprirent ainsi la construction d'un inquiétant village. Une fois par an, ils se rendirent à l'antique cité de Narlamaë dans la vallée pour enlever des jeunes femmes afin de se reproduire et assurer le peuplement de leur village, mais aussi d'autres hommes réceptifs à la pierre magique pour renouveler le sang de la population.

Trois cents ans plus tard, la cité comptait plus de trois mille âmes. Les Sept, adeptes de la magie noire et des sortilèges, utilisaient toujours le Béalion pour s'assurer une éternelle jeunesse. Ils vivaient protégés et choyés à l'abri du Temple, avec leurs enfants de sexe masculin sensibles au Béalion qu'ils formaient pour devenir à leur tour des mages. Les autres descendants, indifférents à la puissance des pierres, étaient délaissés et survivaient tant bien que mal dans une pauvreté accablante.

J'étais née dans ce monde où la loi du plus fort prévalait sur toute forme de fraternité et de compassion. Seuls les plus valeureux survivaient ; on ne pouvait compter sur personne. Moi la première, je n'avais jamais créé le moindre lien affectif avec mes semblables. J'ignorais tout de l'amour et de l'amitié.

CHAPITRE 1 : VIE ET MORT

Je me réveillais au petit matin, transie de froid. Sybil était déjà levée. L'hiver à nos portes, il devenait urgent de trouver de nouvelles protections contre le gel. Je m'extirpais avec aversion de la vieille couverture mitée et me débarrassais de ma chemise de nuit. J'enfilais en hâte les vêtements qui jonchaient sur le sol : des braies noires, une tunique sinople ajustée à la taille par une ceinture de cuir tressée dérobée chez une vieille femme, ma cape marron liée au cou par un cordon de laine effilé et enfin des chausses retenues par une bande de tissus nouée autour de mes jambes. Je rassemblais mes longs cheveux roux en une tresse sur le côté. Mon apparence n'avait rien de féminin, mais ma tenue était confortable et chaude.

À Kadhrass, certains portaient à la main gauche un bracelet de couleur, symbole de notre appartenance directe à la lignée d'un mage. En effet, les Sept avaient trouvé ce moyen de reconnaître leur propre sang. Toutefois, ce système n'était pas aussi fiable qu'il paraissait. Je savais de source sûre que certaines mères échangeaient volontairement des bracelets à la naissance de leur enfant pour les duper et assouvir une vengeance silencieuse.

Mon signe distinctif était le noir du clan de Solar, le chef redouté des mages noirs, le plus puissant des Démoniaques. Cet attribut m'attirait souvent la jalousie et la méfiance des autres. J'étais à la fois méprisée et redoutée, ce dont je me fichais pas mal car personne ne trouvait grâce à mes yeux, hormis la farouche Sybil. Elle était ma seule lumière dans ce monde ténébreux.

À cause de la couleur maudite de mon bracelet, aucune famille n'avait voulu de moi. Seule l'étrange Lucretia avait consenti à m'accorder une place dans sa maison décrépite à la mort de ma mère. Nous étions sept femmes à y vivre : Lucretia, notre doyenne et mentor ; Scarlett avait été la première recueillie, puis étaient arrivées Jezebel, Granger, Rosadriah, moi-même Sana, et enfin Sybil. Ce n'est que vers dix ans que j'avais pris conscience du choix étrange de notre hôtesse : nous avions toutes les sept un bracelet de couleur différente, et représentions chacune la lignée d'un membre fondateur de la cité.

L'endroit où nous vivions était le plus pauvre de Kadhrass. Les rues, d'où exhalaient des odeurs pestilentielles, étaient sales, jonchées de détritus et d'excréments, car personne ne prenaient jamais la peine de les nettoyer. Le quartier est avait très mauvaise réputation, et l'on y entassait les parias, les bandits et les orphelins. J'avais donc peu d'espoir de sortir de cet enfer. Je rêvais de m'évader, d'escalader le haut mur d'enceinte qui entourait la ville, de traverser les Bois Silencieux, de dévaler les versants abrupts du Pic Mystérieux, de contourner le Mont Orage pour enfin parvenir à Narlamaë mais j'étais condamnée à vivre ici, sans espoir de bonheur.

Notre habitation était fort modeste. Une porte en bois gorgée d'humidité bouchait à peine l'ouverture et menaçait de s'écrouler à chaque tempête. La pièce principale, au rez-de-chaussée, contenait une vaste cheminée que nous alimentions en bois à tour de rôle. Elle servait principalement à nous réchauffer et préparer nos repas. Une grande table en sapin entourée de deux bancs occupait tout l'espace. Nos maigres ustensiles de cuisine reposaient sur une étagère branlante. Dans un coin, sous l'escalier, deux caisses de bois recouverte de copeaux de bois et de fougères servaient de lits à Lucretia et Scarlett.

Notre aînée, était une grande fille filiforme aux longs cheveux bruns, arborant le bracelet vert foncé du clan de Demien. Mature et responsable, elle secondait Lucretia dans les tâches quotidiennes. Elle tentait de nous imposer la discipline et arbitrait nos différends, sans jamais s'énerver. Elle avait accepté sa condition misérable depuis longtemps et ne se berçait d'aucune illusion. À vingt-cinq ans, elle avait pourtant largement l'âge de fonder sa propre famille. Elle préférait pourtant rester dans le seul groupe qu'elle connaissait.

Nous autres, les cinq filles, devions nous partager la mezzanine sous les combles. Les ardoises sur le toit étaient abîmées depuis longtemps mais n'avaient jamais pu être remplacées. Nous étions donc régulièrement soumises aux aléas météorologiques. Je partageais avec Sybil un vieux matelas bourré de plumes d'oies que j'avais volé un jour chez un ivrogne décédé. Notre espace était séparé des autres par un large tissu suspendu au plafond.

Un jour de ma seizième année, nous sillonnions toutes les deux les rues brumeuses de la cité, quand nous étions tombées sur deux ivrognes en quête de plaisir. Malgré nos efforts conjugués pour leur échapper, nous avions été obligées de nous soumettre à leur concupiscence. C'est ainsi que nous avions perdu ensemble notre virginité. Sybil n'était alors âgée que de quatorze ans. Le soir, je l'entendis pleurer sous sa couverture et me glissai près d'elle pour la réconforter. Depuis cette nuit, il n'y avait que dans ses bras que je pouvais connaître la tendresse et le plaisir. Trois ans plus tard, je continuais de la cacher et de la protéger, afin que personne ne touche plus à sa pureté.

Jezebel et Granger ressemblaient à deux chiennes enragées. Portant respectivement les couleurs jaune et rouge des lignées de Cazad et Sigrim, elles semaient constamment la zizanie au sein du groupe. Fourbes et manipulatrices, elles se plaisaient à voler, mentir, et faire accuser les autres, en particulier moi, de leurs méfaits. Quand je leur résistais, elles n'hésitaient pas à s'en prendre à Sybil pour se venger, ce qui me mettait hors de moi. Elles dormaient à même le sol sur des feuillages changés régulièrement. Elles jalousaient notre confort mais n'osaient plus s'attaquer frontalement à moi depuis que j'avais arraché un bout d'oreille de Jezebel à coup de dents un soir où elle m'avait poussé à bout.

À travers le rideau, j'entendis Rosadriah tousser à s'en étouffer. Voilà plusieurs jours qu'elle était malade et les potions de Lucretia ne l'avaient toujours pas guérie. Je me surpris à m'inquiéter et décidai de prendre de ses nouvelles.

— Laisse-moi tranquille ! fut sa seule réponse tandis qu'elle se retournait dans son couchage sommaire, enveloppée dans une couverture en laine élimée.

Je ne portais pas une grande affection à Rosadriah, avec qui je n'avais qu'un an d'écart, mais elle me fichait la paix, et j'en faisais de même. Elle avait la peau foncée des descendantes de Kaxas et de noirs cheveux épais. Son bracelet argenté scintillait dans l'obscurité. Je quittai sans regret son chevet, bousculant d'agacement son bol d'eau, pour me rendre au rez-de-chaussée d'où des odeurs de cuisine me parvenaient.

Mon ventre gargouillait d'avance. Je trouvai Scarlett affairée près du feu, elle touillait avec application le contenu d'une grosse marmite. Elle portait une longue robe en laine azur, celle-là même qu'elle arborait tous les hivers, parsemée de tâches de graisse. Chacun de ses pas boitillant rappelait la blessure infligée deux ans auparavant par un loup dans la forêt.

Sybil, occupée à peler des carottes, leva les yeux vers moi à mon arrivée et me sourit avec la tendresse qui la caractérisait. Elle revêtait la belle robe pourpre en laine que j'avais dérobée pour elle dans une boutique la semaine dernière. Elle lui seyait parfaitement. Je constatai à ses yeux cernés qu'elle avait passé une mauvaise nuit alors que je réalisai avoir dormi d'une seule traite d'un sommeil réparateur. Je m'assis près d'elle et pris le relais.

Sybil était la seule blonde et la plus jeune de la bande. Ses fins cheveux dorés m'évoquaient les champs de blé des Plaines Florissantes contés par les anciennes. Elle portait le symbole bleu de la lignée de Yacius, de la même couleur que ses yeux vifs.

— Ah, enfin tu daignes te lever Sana ! Les autres sont à l'ouvrage depuis un moment déjà ! Tu sais que je ne supporte pas les fainéantes ?

Je jetai un regard noir à Lucretia. Fille de Fogan, cette femme au bracelet orange était un vrai mystère. Même son âge véritable nous était inconnu. J'avais toujours pensé qu'elle nous gardait pour remplacer le fils qu'on lui avait arraché dès la naissance pour en faire un apprenti. J'avais appris, par des rumeurs de place du marché, qu'elle avait tenté une fois de le récupérer, ce qui lui avait valu d'être battue sur la place publique, ce dont elle gardait de vilaines cicatrices sur le visage et le corps. Occupée à farfouiller dans sa réserve d'herbes et de champignons, elle ne m'avait même pas regardée. Cependant, comme elle était pour moi ce qui se rapprochait le plus d'un parent, je pris sur moi de ne pas lui répondre les grossièretés qui me traversèrent l'esprit. Je doutais de pouvoir survivre seule en plein hiver, sans la protection de sa maison.

— Pardon Lucretia, je vais me rattraper. Que puis-je faire pour toi aujourd'hui ?

— Ça tombe bien que tu en parles, je n'ai plus d'essence de thym pour calmer les toux de Rosadriah, tu te rendras au quartier sud, chez Oltar, pour t'en procurer avant d'aller au marché.

Je soupirai. Oltar était un pervers aux mains baladeuses. Aucune d'entre nous ne souhaitait s'en approcher. Il était pourtant le seul voyageur à entreprendre chaque été, avec l'autorisation des Sept, un périple à Narlamaë pour y rapporter des herbes et des essences qu'on ne trouvait nulle part ailleurs. Indispensable aux mages noirs, il l'était aussi devenu pour nous, malgré notre aversion. Granger, assise face à moi, me lança un sourire moqueur. Je répondis en lui envoyant mon pied dans le tibia.

— Aïe ! hurla-t-elle.

— Ne commence pas San ! me gronda Scarlett en me glissant un bol de soupe fumante.

— Sale pute ! enchaîna Granger.

— Grosse chienne ! Où est passée ta maîtresse ? Elle a oublié ta muselière ?

— Tiens, c'est vrai, ajouta Lucretia, blasée par nos disputes, où est Jezebel ? Elle n'est pas dans son lit ?

— Bah non, se radoucit Granger, je pensais que tu l'avais envoyée quelque part …

Nous nous dévisageâmes, perplexes. Les rues étaient dangereuses la nuit, et aucune d'entre nous ne s'y aventurait seule. L'absence de Jezebel était pour le moins étrange. J'essayais en vain de me souvenir l'avoir vu sortir la veille au soir ; je réalisai m'être endormie vraiment très vite, avant les autres, ce qui était peu habituel. Un soupçon d'inquiétude se glissa dans les yeux de Lucretia.

— Elle finira par rentrer quand elle aura faim …

Personne n'osa ajouter quoi que ce soit. Je me plongeai avec ferveur dans la coupe de terre cuite d'où émanait un réconfortant parfum de légumes. Malgré les terres infertiles des Monts Oubliés, les Sept Mages avaient réussi à créer la vie grâce au Béalion. L'énergie du minerai apportait les éléments nécessaires à nos cultures. Seuls les apprentis initiés assistaient aux semences et à la récolte, puis des porteurs de confiance étaient chargés de la distribution dans les échoppes et marchés. La plupart du temps, les denrées étaient troquées contre des services, des vêtements ou des outils, en fonction des aptitudes de chacun. Les recettes étaient alors reversées aux mages, avec une légère commission pour les marchands.

Ce système d'échange fonctionnait plutôt bien, pour les habitants valides. Les jeunes enfants, les infirmes, les malades et les personnes âgées étaient totalement dépendantes du bon vouloir des autres. Lucretia était une guérisseuse. Elle fabriquait des remèdes et des potions qu'elle nous enseignait également afin de nous donner les moyens de survivre à sa mort. J'étais fascinée par le pouvoir des plantes et retenais avec attention son enseignement. Il nous permettait d'acquérir de la nourriture.

Scarlett me tendit un morceau de parchemin, sur lequel elle avait soigneusement rédigé une liste de courses, ainsi qu'une besace. Alors qu'elle se tenait immobile à mes côtés, j'attendis la suite de ses instructions. Je me doutais qu'elle avait quelque chose à me demander mais je l'effrayais.

— Quoi ?

— Hum … comme Jez n'est pas là et que Rosa est alitée, Sybil pourrait nous donner un coup de main pour ramasser des fagots pour la cheminée ...

— Non !

J'avais frappé si fort sur la table que ma soupe manqua de se renverser. Notre aînée sursauta.

— Voyons Sana …

— J'ai dit non ! Elle m'accompagne !

Je savais trop bien ce que Granger serait capable de lui faire subir, même en l'absence de Jezebel, si je n'étais pas là pour la freiner.

— D'accord, d'accord, soupira Lucretia, mais à votre retour, vous prendrez le relais de Scarlett aux fourneaux.

Je trouvais ce compromis plutôt satisfaisant. La cuisine n'était pas vraiment ma spécialité, mais Sybil était assez douée. Je vis à son sourire qu'elle s'en réjouissait d'avance. Mon bol de soupe terminé, nous nous apprêtâmes à affronter la fraîcheur et la foule. Nous endossâmes nos longues pèlerines noires de laine à capuche.

Dehors, le ciel était bleu pâle, sans nuages. Un froid ardent nous saisit dès la sortie. Je m'enveloppai davantage dans mon habit et accélérai le pas. La boue habituelle avait durci au contact de la gelée matinale et nous avancions sans nous salir. Même les odeurs fétides du quartier s'étaient évaporées. Sybil chantonnait un air à la mode, entendu sur la place du marché. Notre route jusqu'au quartier sud serait certes longue, mais agréable. J'en aurais presque oublié que je vivais dans une cité maudite dirigée par des mages nécromanciens bravant la mort depuis des siècles.

Au bout de notre rue, nous empruntâmes des marches en pierre et apparurent sur notre droite des habitats troglodytes creusés dans les rochers à flanc de montagne. Certains abris étaient de simples cavités peu profondes s'enfonçant dans la paroi, aménagées en habitation sommaire. D'autres étaient de véritables maisons sculptées dans la roche. De multiples escaliers tortueux, certains munies d'une rambarde, d'autres sans protection, reliaient les différents étages de cet ensemble cosmopolite. Les logements les plus au sud avaient été emportés dix ans plus tôt par une avalanche et il n'en restait que des ruines.

Effrayée par le vide, Sybil attrapa ma main et la serra de toutes ses forces. Je passai devant elle. L'endroit grouillait de badauds bruyants, les bras chargés de marchandises prêtes à l'échange ; ils se dirigeaient pour la plupart vers l'escalier le plus à l'ouest, celui qui menait tout droit au centre de la ville, là où se trouvaient les échoppes, boutiques et le marché. Certains nous bousculaient sans s'en préoccuper et ma compagne fut bientôt projetée hors d'un escalier, heureusement bordé d'une barrière.

La colère me submergea, comme souvent, et j'attrapai par le col la mégère responsable de cette offense. C'était une femme d'une quarantaine d'années, aux hanches larges de plusieurs grossesses, au teint terreux et aux dents pourries. Une odeur putride se dégagea de sa bouche quand elle me parla :

— Qu'est-ce qu'elle me veut la gamine ?

— Tu peux pas faire attention ? T'as bousculé ma copine !

— Et alors ? J'vais pas m'laisser emmerder par deux fillettes ! Z'avez qu'à pas être là ! Z'avez rien d'autre à foutre que d'emmerder ceux qui travaillent ?

Son ton ne me plaisait pas et je resserrai mon emprise autour de sa gorge tandis que je la poussait vers le vide. Je vis son regard confiant se muer en terreur lorsqu'elle comprit ce que je m'apprêtai à faire. Cependant, mon étreinte était si forte qu'elle ne pouvait même plus crier. Des passants s'étaient arrêtés pour nous regarder. Certains m'encourageaient à poursuivre en ricanant, d'autres me criaient de me calmer. La manche de ma pèlerine glissa, laissant apparaître le bracelet noir de ma lignée. J'entendis bientôt les chuchotements habituels sur mon héritage ensorceleur et maléfique. J'étais la fille de Solar, cela justifiait tout.

Pourtant, la naïve Sybil ne se résoudrait jamais à les laisser me traîner dans la boue. Elle posa la main sur mon bras et me chuchota de la lâcher.

— Allons-nous-en, San.

À contrecœur, je relâchai la pression, sans omettre de répliquer à ma victime qu'elle avait eu de la chance cette fois, mais qu'il valait mieux pour elle que je ne recroise pas son chemin.

— San ?
— Quoi ?
— Pourquoi tu n'aimes personne ?
— Parce que personne ne mérite autant d'attention.
— Même pas moi ?

Je soupirai. Sybil était ma faiblesse, et ce n'était un secret pour personne, surtout pas pour elle. Elle sourit malicieusement avant de reprendre sa route. Ses longs cheveux fins glissaient sur le noir de sa pèlerine comme une cascade dorée. Nous parvînmes devant la somptueuse façade sculptée d'un habitat formé dans la roche. Au-dessus de nos têtes se balançait au rythme d'un vent léger l'enseigne « Aux délices de Kadhrass ». Résignée, je poussai la porte de l'échoppe.

À l'intérieur régnait un foutoir sans nom. Aux murs blancs étaient accrochés multitude de tableaux, objets, enluminures encadrées, ustensiles. Une voûte en pierre en berceau formait le plafond. Nous foulâmes le sol pavé irrégulier jusqu'au comptoir en bois sur notre droite, où reposait tout un tas de fioles et récipients. Sybil bouscula une balance sur pied près d'elle et Oltar surgit de derrière un rideau au fond de la pièce, un sourire aux lèvres :

— Ah ! Que vois-je ? Quelle merveilleuse apparition ! Les petites protégées de Lucretia ! Quel bon vent vous amène ?

Son ton mielleux était répugnant. Malgré sa proximité avec les Sept, Oltar n'avait jamais eu le privilège de goûter aux bienfaits du béalion, et sur son corps se lisait le passage du temps. C'était un homme petit, bossu, trapu, au visage parsemé de rides. Il se déplaçait difficilement en penchant de plus en plus vers la droite. Il manqua d'ailleurs de se prendre les pieds dans le magnifique tapis aux couleurs chatoyantes qui jonchait devant le comptoir. Sa dentition abîmée rendait son sourire monstrueux. Il s'approcha de moi en tentant de me serrer contre lui comme quand j'étais enfant. Je restais raide comme un piquet, et ma froideur le ravisa. Il se tourna alors vers ma charmante compagne au visage poupon, la pressant contre sa poitrine tout en caressant son dos. Lorsque sa main s'aventura vers ses fesses, je lui retirai brusquement Sybil.

— Nous avons besoin de thym, c'est pour soigner une toux.

Vexé que je lui enlève sa seule source de plaisir, il invoqua tout un tas d'excuses pour ne pas nous remettre ce que nous étions venues chercher.

— Lucretia t'envoie ces onguents en échange.

Il saisit de ses longs doigts malsains les pots que je lui présentais. Ses ongles mal taillés étaient noirs de crasse. Il en profita pour me frôler la main que je retirai aussi sec. Nous savions tous deux à quoi était destinée cette recette : Les pommades bleues de Lucretia redonnait aux hommes vieillissant, pour quelques heures, la virilité de leur jeunesse.

— Voilà un bien beau présent. Dommage que je n'ai personne avec qui le partager …

Il tourna son regard libidineux vers Sybil et je sentis la colère me monter au visage.

— Pour quelques branches de thym, voilà qui serait un échange bien déséquilibré …

— Bon, bon, très bien, attendez-moi là.

Il disparut derrière le rideau à petits pas. Je n'avais jamais compris cet effet de sécurité qui lui faisait ranger ses sachets dans une réserve tenue secrète, plutôt qu'à la vue de ses clients, puisque tout le monde savait ce qu'il en était de ses produits rares. Oltar était, de toutes manières, protégé par les Sept, et personne n'aurait eu l'audace de s'attaquer à lui. Je m'approchai du comptoir. Des effluves d'encens s'en élevaient et plongeaient la pièce dans une atmosphère enivrante. Ces odeurs me montaient à la tête et j'avais hâte de sortir d'ici. Je substituai discrètement une fiole au liquide bleuté, plus par habitude que par nécessité, et la fourrai dans ma poche puis reculai afin de garder mon visage loin de la fumée. Il revint quelques secondes plus tard, un petit sac de cuir à la main.

Je le soupesai :
— C'est tout ? Ce ne sera pas suffisant pour plusieurs jours de traitement ...Rosadriah est vraiment mal en point.
— Ce sera donc l'occasion pour vous de revenir me voir très prochainement alors … je m'en réjouis d'avance !

Je fourrai les herbes dans ma poche et priai Sybil de sortir. Elle fit poliment un petit sourire et une révérence maladroite, tandis que je claquai la porte de rage. Ce type avait le don de m'exaspérer. Sans un mot, je partis d'un pas allant vers notre prochaine destination : la place du marché. Ma compagne peinait à me suivre parmi la foule et avec sa longue robe. Je finis par ralentir le pas une fois parvenue aux escaliers les plus à l'ouest du quartier troglodyte.

— Bon, t'y es ? On n'a pas toute la journée Sybil ! En rentrant, on est de corvée de cuisine !

— C'était ton idée, je te rappelle !

— Tu aurais préféré rester seule avec ces sales pestes ?

Sybil ne répondit pas, elle était bien trop gentille pour cela. Elle me suivit donc sans rechigner à travers les marches biscornues et la populace agitée. Les cuisses courbaturées, nous parvînmes à un sentier de terre sec menant à une place pavée. Tout autour de nous s'élevaient des maisons en bois, certaines à encorbellement, d'autres sur un seul étage. À ma gauche, sous des arcades, se trouvaient trois des tavernes les plus fréquentées. Sur notre droite, des poules caquetaient dans les cages d'un marchand d'œufs. Un énorme bœuf attelé à une charrette nous barrait la route et nous dûmes le contourner.

Dès notre arrivée, je sentis que quelque chose clochait. Les gens, plutôt que de vaquer à leurs occupations habituelles, s'étaient attroupés au centre de la place autour de la fontaine. Même la plupart des marchands ambulants avaient quitté leurs étals. Des murmures parcouraient la plèbe. Je saisis par le bras un gamin des rues, le visage noir de terre, qui en profitait pour s'approprier quelques fruits à la table d'un vendeur distrait. Il sursauta, pris en flagrant délit.

— Eh, toi !

— J'ai rien fait, j'ai rien fait ! s'agita-t-il.

— J'm'en fous des fruits, dis-moi ce qu'y s'passe !

— J'sais pas m'dame, y disent qu'y a un cadavre accroché à la fontaine, mais y m'ont pas laissé r'garder.

— Un cadavre ?

— Une fille a c'qui paraît. J'peux y aller m'dame ?

— Vas-y, dégage avant de te faire repérer …

Il fila sans demander son reste, une pomme à la bouche. Sybil, ma douce innocente et pure Sybil, prit peur et m'intima de nous en aller. Cependant, la curiosité était trop grande et je m'approchai malgré ces supplications. Il n'était pas rare de trouver des cadavres en pleine rue à Kadhrass. Ce n'était d'ailleurs pas le premier que je voyais : des ivrognes, des mendiants, des vieillards, des filles de joie … Les occasions de se faire tuer ne manquaient pas dans la cité de la mort. Pourtant, il régnait ce matin un parfum de mystère qui m'interpellait. Pourquoi autant de monde autour de cette fontaine pour une vulgaire prostituée ?

Je jouais des coudes afin de parvenir au plus près du spectacle, mon amie accrochée à ma pèlerine. Au plus près du point d'eau, la masse se faisait plus compacte. Les odeurs de sueur, de crasse, de terre et de fumier me montaient au nez et je respirai par la bouche afin de ne pas en être atteinte. Je l'aperçus bientôt et me figeai d'horreur.

Contrairement à ce que j'avais imaginé, le corps n'avait pas été plongé dans l'eau, noyé volontairement ou accidentellement, comme cela arrivait parfois. Il était entièrement nu et tenait transpercé de part en part sous la poitrine à l'un des goulots du pilier vertical orné d'une cartouche en pierre représentant les armoiries du lion et la devise de la ville : « Vie et Mort ». Les jambes blanches de la victime, recouvertes de coupures et de sang séché, commençaient à prendre la teinte bleutée des trépassés. L'eau de la fontaine avait viré au rouge foncé, et personne ne prit garde aux deux ânes venant s'y désaltérer, les poils décolorés en vermeil. La longue chevelure brune encrassée de terre de la défunte flottait dans l'air, laissant découvrir son visage terrifié, ses yeux exorbités, la bouche ouverte, des larmes séchées sur les joues et l'oreille droite arrachée. Une blessure antérieure à sa dernière nuit. Une blessure que je lui avais moi-même infligée six mois auparavant alors qu'elle tentait de s'approprier mon couchage …

— Par la puissance des Sept ! Sana ! C'est Jezebel !

Sybil avait énoncé à voix haute le fond de ma pensée, pourtant, je n'arrivais pas à y croire. Comment cela était-il possible ? Je détaillais le corps de notre compagne parsemé de morsures et de griffures ... qui avait pu s'écharner sur elle de la sorte ? Je n'avais jamais porté cette peste dans mon cœur, pourtant, personne ne méritait une mort pareille. Lassée de ce spectacle écœurant, je m'apprêtais à faire demi-tour, lorsque Sybil m'agrippa le bras :

— Où vas-tu ? Sana ? On ne peut pas la laisser là !

— Ah bon ? Que crois-tu qu'elle aurait fait à notre place ?

— C'est pas une raison ! Pense à Lucretia ! Et Granger !

— Et comment tu veux qu'on fasse ça, hein ? Déjà, il faudrait la décrocher, et puis, comment la transporter jusqu'à chez nous ?

— Si tu le fais pas pour elle, fais-le pour moi ...

Je soupirai ... Je ne pouvais rien refuser aux yeux bleus suppliants de Sybil et son petit air de chien battu. J'inspectai les lieux du regard à le recherche d'une bonne idée. J'aperçus une revendeuse de plantes en pot avec laquelle j'avais déjà marchandé. Elle trimballait ses produits dans une carriole tirée par deux bœufs imposants, puis serpentait à travers les badauds munie d'une petite charrette :

— Combien pour ton chariot ?

La petite femme rondelette au visage joufflu et rosé par l'effort me dévisagea perplexe et me répondit qu'elle n'était évidemment pas à vendre. J'ouvrais ma besace et en sortit tous les pots préparés par Lucretia, destinés normalement à acquérir notre repas du midi. Elle les examina attentivement pendant de longues secondes .

— Elle a l'air chaude ta cape … J'en aurais bien besoin pour passer l'hiver.

Je rageais intérieurement de devoir échanger ma source de protection contre le corps d'une teigne mais acceptais le marché. Je me retrouvais ainsi en tunique, dans le froid, sans plus aucune monnaie d'échange pour acheter à manger, à transporter une charrette branlante à travers une foule pressante. Parvenue enfin à la fontaine, non sans avoir roulé sur quelques pieds et reçu quantités d'injures, je priai Sybil de garder notre matériel tandis que je m'appliquai à décrocher le corps de Jezebel.

Loin de faire naître l'empathie ou la compassion, mon acte désespéré provoqua éclats de rire et moqueries. On me jeta même des légumes, que je regrettais ensuite de ne pas avoir réussi à rattraper avant qu'ils ne tombent dans l'eau ensanglantée. Le cadavre était glacé et je répugnais à le toucher. Debout sur le bord du bassin, j'avais attrapé ses jambes et les tirais, espérant parvenir à la décrocher. Après plusieurs efforts, la peau du ventre céda, les tripes ressortirent, libérant le cadavre de son emprise. Des cris d'horreur parcoururent la foule. Je fis un effort surhumain pour ne pas vomir. Malheureusement, je n'avais pas anticipé que je ne pourrais supporter à moi seul son poids et le cadavre tomba dans l'eau en m'éclaboussant, sous l'hilarité générale.

Sybil était toute désolée et se précipita pour m'aider à extraire notre compagne du liquide rouge en la tirant par les bras. J'étais couverte de sang, et frigorifiée. Dans un dernier effort, nous la déposâmes dans le petit chariot d'où ses bras dépassaient. Mon amie s'empressa de les replier, de lui fermer les yeux, et de balancer son propre manteau pour la cacher à la vue des curieux. La distraction terminée, chacun retourna vaquer à ses occupations.

Nous partîmes ainsi, silencieuses et résignées, notre brouette aux mains. Nous ne pouvions repasser par le quartier accidenté des habitations troglodytes et empruntâmes la grand'rue boueuse et chaotique. Je repensai malgré moi aux moments passés avec Jezebel, nos disputes continuelles, nos bagarres. Je me souvins de la fois où, nous n'étions alors que des enfants, elle avait volé des herbes à Lucretia et les avait caché sous ma couverture pour me faire accuser. Notre tutrice s'était mise en colère, m'avait traité d'ingrate et m'avait laissé dormir toute une nuit dehors. Au petit matin, j'avais renversé mon bol de soupe fumante sur le bras de mon aînée. Je soulevais légèrement le vêtement de Sybil qui la recouvrait : au milieu d'autres blessures, la cicatrice de la brûlure était toujours visible.

Certes, Jezebel n'allait pas me manquer. Cependant, je ne cessais de m'interroger sur la suite. Nous avions perdu le maillon jaune de notre cercle. Qui avait pu la tuer ? Un trou dans la chaussée me fit perdre l'équilibre de la charrette et me ramena à la réalité. Après un effort surhumain, je redressai l'engin et le corps qui menaçait de tomber puis repris ma route, me maudissant de m'être ainsi déconcentrée. La peau de mes mains gelées viraient au bleu et je ne sentais plus mes doigts. Je fis une légère pause le temps de souffler sur mes articulations douloureuses et frotter mes paumes l'une contre l'autre afin de permettre au sang de circuler à nouveau. Je n'avais rien à envier à Sybil qui grelottait, les lèvres bleuies. Après une bonne demi-heure de marche, nous n'étions plus qu'à quelques mètres de notre habitation.

— San ? Qu'est-ce qu'on va leur dire ?

En vérité, je ne le savais pas moi-même, d'autant plus que l'expression des sentiments n'était pas vraiment mon fort. Je décidai de laisser le cadavre à l'extérieur et poussai la vieille porte en bois. Un courant d'air chaud me réchauffa aussitôt. Lucretia, occupée avec ses potions sur la table, leva les yeux vers moi et s'arrêta, pétrifiée. J'avais oublié être recouverte du sang de Jez. Par chance, notre tutrice était seule.

— Par les Sept ! Sana ! Que t'est-il arrivé ? Tu t'es encore battue ?

— Viens voir, fut ma seule réponse.

Je précédai Lucretia et, sans la regarder, soulevai le manteau. Elle perdit l'équilibre et s'appuya sur mon épaule.

— Par Solar, que s'est-il passé ? chuchota-t-elle.

— Aucune idée, on l'a trouvé comme ça, nue, sur la place du marché, exposée à la vue de tous. On a décidé de la ramener.

Remise de sa première frayeur, Lucretia détailla de plus près les griffures, les morsures et les hématomes qui recouvraient son corps.

— Aucun humain ne serait capable d'une telle violence, d'une telle force …

— Tu penses à un animal ? Une bête féroce ? Pourtant, elle était accrochée sur la fontaine. Un loup n'aurait pas réussi à atteindre cette hauteur …

Nous fûmes interrompues par un hurlement. Derrière nous, Scarlett et Granger revenaient de la forêt, les bras chargés de fagots. Je sus aussitôt laquelle des deux avaient crié. Granger laissa tomber le bois dans un grand fracas et se précipita vers la charrette. Elle s'effondra à genoux en pleurnichant. Puis, d'un geste irréfléchi, elle me sauta à la gorge :

— C'est toi ! Salope ! C'est toi qui lui as fait ça ! Je vais te tuer ! Je vais te t…

Mais, même sous l'effet de la colère, sa force n'arrivait pas à la cheville de la mienne. Je la frappai d'un coup de genou dans le bas ventre puis me libérai de son emprise facilement. Elle s'écroula à terre.

— Ça va pas non ? Tu me prends pour qui ? J'ai échangé mon manteau et toute notre nourriture pour la ramener ! Tu devrais plutôt me remercier !

Énervée, je les laissais plantées là et me dirigeai vers la maison. Une fois à l'intérieur, je trouvai Sybil frissonnante près du feu, enveloppée dans sa couverture de laine, tentant de se réchauffer. Je passai devant le miroir et aperçus mon visage marqué de traînées de sang séché. Sans prévenir, j'attrapai un seau, un harpon et ressortis aussi sec. Aucune des trois filles à l'extérieur n'osa me demander où j'allais. Je pris le chemin terreux où jonchaient à présent les fagots, et m'enfonçai sous les sapins. A l'ombre, le froid était encore plus mordant, mais j'étais tellement en colère que je n'y pensais plus.

Quelques mètres plus loin coulait un ruisseau. Heureusement, l'eau n'était pas encore gelée. J'y plongeai mon seau et entrepris de me laver. Je décidai de me remettre aussitôt en mouvement avant de me refroidir pour de bon. J'observai attentivement le fond caillouteux du cours d'eau. Depuis mes huit ans, j'avais appris à chasser et pêcher, seule.

Au début, mes tentatives maladroites ne m'avaient apporté que blessures et déceptions. Mais, peu à peu, je m'étais perfectionnée, fabriquant moi-même mes outils, améliorant mes techniques. Par exemple, j'avais appris à mes dépends que les poissons percevaient mon ombre avant même que j'arrive. J'avais donc compris qu'il me fallait choisir le bon côté pour évoluer de la manière la plus discrète en remontant le courant. Je m'approchai d'un endroit que je connaissais bien, une petite cascade d'où l'eau se déversait par-dessus un énorme rocher. C'était là le meilleur lieu pour attraper au vol les saumons et les truites en chute libre. L'occasion se présenta peu de temps après mon arrivée et j'attrapai avec satisfaction un beau spécimen, puis un deuxième.

Revenue à la cabane, je trouvai Lucretia et Scarlett affairées à nettoyer le corps de Jezebel sur la grande table. Je balançai le fruit de ma pêche à Sybil reconnaissante qui s'empressa d'évider le poisson afin de le cuisiner. Toutes ses mésaventures nous avaient affamées. Notre cadavre fut bientôt habillée d'une vieille robe grise usée et coiffée. Elle avait enfin retrouvé un aspect plus digne. Nous nous servîmes avec Scarlett de la brouette nouvellement acquise pour installer le corps et l'emporter à l'extérieur ou Granger avait préparé un bûcher à l'orée du bois, tandis que Lucretia allait chercher Rosa.

C'est ainsi que, toutes les six, nous nous retrouvâmes en silence autour d'un grand feu alors que dans le ciel s'élevaient les cendres de l'une des nôtres. L'après-midi était déjà bien entamé et la nuit tombait. Il n'était pas question de m'attarder dans le froid sans manteau, et je regagnai la maison sans attendre la fin de la crémation. Après tout, j'estimai avoir fait largement ma part dans cette inhumation. Sybil ne tarda pas à me rejoindre et, tandis qu'elle touillait la marmite, j'entrepris de laver mes vêtements souillés. Malheureusement, le sang était bien incrusté dans ma tunique. Je devrais en dérober une autre.

Scarlett et Rosadriah nous rejoignirent bientôt. Me trouvant quasiment dénudée au milieu de la salle, notre malade eut pitié de moi et me proposa de porter sa robe, le temps que j'en trouve une autre ou qu'elle se rétablisse, vu qu'elle ne quittait plus depuis quelques jours son habit de nuit. Je n'étais pas douée pour les remerciements mais acquiesçai d'un signe de tête. Lorsque Lucretia parut enfin, la nuit était noire et le dîner prêt. Sybil nous servit l'appétissante soupe de poisson agrémentée d'une vieille miche de pain et sortit pour l'occasion la liqueur de pommes du garde-manger sous la trappe.

Embrumée par l'alcool et éreintée de ma journée, je filai me mettre au lit en même temps que Rosa. Granger était toujours dehors à pleurer le corps de son amie, mais cela ne m'empêcha pas de sombrer dans un profond sommeil. Mes rêves furent peuplés cette nuit-là de cadavres éventrés, de femmes livides dénudées, de yeux exorbités … Je sentis à peine Sybil se faufiler sous les draps. Je n'avais aucune notion de l'heure qu'il était, ni depuis combien de temps je dormais. Son corps était étonnant chaud et elle était entièrement nue. Elle se frotta contre moi ; je sentis ses mains lentement relever mon vêtement, glisser sur ma poitrine et empoigner mes seins fermement. Malheureusement pour elle, j'étais épuisée et encore sous l'emprise de mauvais rêves. Je repoussai ses étreintes sans ménagement et lui tournai le dos pour terminer ma nuit.

CHAPITRE 2 : UN FANTOME DANS LA NEIGE

La main vigoureuse de Lucretia me sortit de ma torpeur. J'étais en sueur, haletante, j'avais la bouche sèche et les pieds à la place de la tête sur l'oreiller.

— Sana ! Réveille-toi ! Tu as fait un mauvais rêve, tu t'es mise à hurler.

Mon sang tambourinait dans mes tempes.

— Quelle heure est-il ?

— Presque midi. Je t'ai laissée dormir jusque-là, après tes émotions d'hier, mais là, il faut te lever. Nous n'avons rien à manger et …

— Et quoi ?

— Granger n'est pas rentrée.

Je vis la crainte au fond de ses yeux et m'imaginai soudain notre autre compagne éventrée au goulot de la fontaine. Je chassai aussitôt cette pensée de mon esprit.

— Tu as regardé près du bûcher ?

— Il n'y a personne.

— Et Sibyl ? m'inquiétai-je soudain.

— Elle était la première réveillée, elle prépare le remède de Rosadriah.

J'avais bien trop dormi, et cauchemardé. Il fallait absolument que je me reprenne. Je contournai Rosa assoupie et descendis avaler en vitesse le reste de soupe de poisson de la veille avant de me mettre en route. Scarlett m'autorisa à emprunter sa pèlerine, que j'enfilai par-dessus la longue robe pourpre et chaude de notre malade. Je laissai sans crainte, pour une fois, Sibyl avec les autres. Suite aux deux disparitions, elle était plus en sécurité à la maison. Je n'étais pas à l'aise dans ses vêtements féminins et me pris plusieurs fois les pieds dans le bliaud en manquant de m'affaler.

Une brume épaisse était tombée sur le quartier et je craignais la tombée prochaine de la neige qui nous couperait d'une partie de nos ressources. J'empruntai une ruelle sombre et déserte en direction du four à pain. Je n'avais rien pris pour marchander, mais ne m'en inquiétais pas. Nous étions le septième jour de la neuvième lune, et comme chaque septaine, c'était le jour de repos du boulanger. Il était remplacé par son apprenti, le jeune Smut, un garçon timide que j'avais plusieurs fois rossé et qui, depuis, ne me refusait rien. Je l'aperçus près du feu en train de remettre une lourde bûche dans l'âtre.

— Salut Smut.

L'adolescent au visage ingrat couvert de pustules et aux cheveux hirsutes sursauta. Visiblement, dans cet accoutrement et avec ma capuche, il ne me reconnaissait pas. Il me fixa de ces petits yeux enfoncés puis je vis à sa réaction qu'il avait fini par me remettre.

— Sana ?

— J'ai faim, donne-moi du pain.

— Contre quoi ?

— Tu te fous de moi ?

Il me tendit de son bras famélique, en tremblant, une miche de pain ridiculement petite et carbonisée. J'observai avec méfiance l'aliment et lui balançai violemment sur la tête. La miche durcie marqua son front d'une belle bosse.

— C'est quoi ça ? Tu crois que je vais nourrir ma Sibyl avec ça ?

— Je … je n'ai rien d'autre Sana … le reste est réservé … si je te le donne, je vais avoir des ennuis …

— C'est si tu me l'donnes pas qu'tu vas avoir des ennuis ! le menaçai-je en l'attrapant par le col.

— D'accord, d'accord, tiens, laisse-moi tranquille maintenant … s'il te plaît … ne me frappe pas encore …

Je relâchai ma pression, satisfaite du beau morceau frais que je venais d'acquérir, quand une idée me vint.

— Dis, t'as entendu ce qui est arrivé à Jezebel ?

— Oui, tout le monde en parle, mais moi, promis, j'ai rien fait, j'ai rien vu …

— Et y disent quoi les gens ?

— Je … je … sais pas trop, bafouilla-t-il.

Je voyais bien qu'il crevait de peur. Il savait visiblement quelque chose.

— Parle, j'te f'rai rien !

— Y disent que la magie finit toujours par se retourner contre celles qui l'invoquent …

Je restai perplexe devant son discours. Personne n'ignorait évidemment que Lucretia s'adonnait à des sortilèges pour soigner, guérir, et tout le monde savait en profiter quand ça les arrangeait. Nous étions chacune l'une des descendantes des Sept et on nous surnommait « les sorcières du coven de la lune bleue ». Était-ce pour cela qu'ils avaient puni Jezebel ?

— Et Granger, tu l'as vue ?

— Non, pourquoi ? Elle a disparu aussi ?

— Si on t'demande, tu diras qu'tu sais rien.

Je m'apprêtai à partir lorsque Smut me retint étonnamment la main et me glissa une deuxième boule. Je le dévisageai, étonnée de ce soudain geste de bienveillance.

— Je sais pas c'qui s'passe, San, mais fais gaffe à toi,

d'accord ?

J'étais tellement surprise que je ne savais quoi répondre. Depuis quand ce sale mioche se souciait-il de moi ? Savait-il plus de choses qu'il n'avait voulu en dire ? Avait-on réellement quelque chose à craindre ? J'acquiesçai silencieusement tout en me promettant intérieurement d'arrêter de le frapper et de lui racketter le fruit de sa besogne quotidienne. Sa vie à lui ne devait pas être plus heureuse que la mienne. Je me ravisai soudain : depuis quand me préoccupais-je du sort des autres ? Énervée de m'être ainsi laissée aller à des sentiments puérils, je rentrai au pas de course à la maison tandis que les premiers flocons blancs descendaient du ciel.

Scarlett, Lucretia et Sybil furent soulagées de me voir débarquer avec tant de pain frais et nous nous découpâmes chacune une large tranche. Il restait dans notre réserve un peu de beurre que nous tartinâmes avec envie. Ce déjeuner sommaire me laissa pourtant sur ma faim et j'avais une furieuse envie de viande. Sibyl craignait de me laisser sortir seule par ce temps, sans nouvelle de Granger. Cependant, je n'avais pas pour habitude d'être obéissante et mesurée. Et la mort de Jezebel ne cessait de me hanter.

En début d'après-midi, je repris donc le chemin du marché, mais seule cette fois. Malgré l'angoisse sourde qui m'enveloppait, je m'efforçais de me rendre à la fontaine ensanglantée, juste pour vérifier. Aucun attroupement anormal n'avait envahi la place et chacun vaquait à ses occupations naturelles. Je jetai un regard circulaire aux bâtiments. Le décès de Jez était visiblement survenu tard dans la nuit, et seuls quelques établissements étaient ouverts à cette heure. Et si quelqu'un avait vu quelque chose ? Toutefois, il était peu probable qu'on accepte de me fournir des informations.

Je décidai de commencer par le Pégase, cette taverne crasseuse qui servait aussi de maison de passes la nuit. Je poussai d'un geste ferme la lourde porte en bois et débarqua sur le sol en terre battue. L'air à l'intérieur était vicié de mélange d'odeurs de sueur, de bières, d'humidité, de poussière et de graillon. À cette heure précoce, peu de clients étaient attablés. Seuls quelques soûlards habitués étaient accoudés au comptoir. Lorsqu'il m'aperçut, le patron, occupé à nettoyer une choppe, s'immobilisa soudain.

— Eh ! La rouquine de Solar ! T'es pas la bienvenue ici ! Dégage !

Manifestement, il se souvenait de moi. Il était vrai que ma dernière visite n'avait pas été une partie de plaisirs, enfin, pas pour lui. Un soir de lune bleue pendant l'été, incapable de m'endormir, j'étais sortie prendre l'air et était tombée par hasard sur mes violeurs. Eux ne m'avaient apparemment pas reconnue, mais je n'aurais jamais pu oublier leur voix. Je les avais suivis discrètement jusqu'à la taverne et étais entrée à leur suite. Je m'étais attablée pour les observer de loin. Les deux larrons avaient commandé de l'alcool puis, au bout de quelques verres, avaient commencé à se montrer très insistants avec la pauvre serveuse. Lorsque l'un d'eux s'était levé pour se frotter contre elle et l'embrasser de force en la tirant par les cheveux, je décidai d'intervenir.

J'avais attrapé la chope de bière de la table voisine et l'avait écrasé sur la tête du violeur. La serveuse, effrayée, avait couru se réfugier derrière le comptoir tandis que son agresseur reculait en titubant. Noyée sous les insultes, je parai sans problème les coups de son acolyte enivré. Alors que, deux ans auparavant, ils m'avaient terrifiée, ils me parurent ce soir-là minables et impuissants. Au départ, les autres clients avaient trouvé cet incident distrayant et n'étaient pas intervenus. Certains m'encourageaient, d'autres criaient à mes victimes de me donner une bonne correction. L'un attrapa un couteau sur une table et entailla une partie de mon vêtement sur le bras gauche, découvrant ainsi mon bracelet noir.

— Ça y est, je t'reconnais, t'es la rouquine de Solar ! La petite chienne que j'ai baisé avec sa copine !

À l'évocation de Sybil, ma colère redoubla. Alors que mon adversaire souriait comme un nigaud de toutes ses dents noires et pourries, je lui balançai un coup de poing magistral qui l'envoyai s'écraser contre la table. Je récupérai aussitôt son arme. Le patron s'en mêla alors, pestant que j'allais démolir tout son mobilier, mais mon regard assassin suffit à le dissuader de s'approcher. L'autre scélérat commença à paniquer, recula, se prit les pieds dans un banc et s'effondra au sol. J'en profitai pour lui sauter dessus, lui défaire sa ceinture et découvrir son sexe. Paniqué, l'autre se tortillait sous moi comme un ver, mais je le tenais fermement entre mes cuisses.

— Arrête, qu'est-ce que tu fous ?

— Bah, qu'est-ce qui s'passe ? T'aimes plus quand les filles te montent dessus ?

— Lâche-moi, dégage, salope !

— C'est pas c'que tu disais quand tu m'as prise de force… mais ne t'inquiète pas, je vais faire en sorte que plus aucune femme ne te chevauche …

Je vis la panique dans ses yeux mais ne reculai pas. J'avais imaginé tellement de fois cette scène dans ma tête … Autour, me voyant déterminée, les clients cessèrent de rire au moment où le couteau trancha d'un coup sec son pénis. La douleur fut telle que ma première victime s'évanouit. Les mains et les vêtements ensanglantés, je me dirigeai vers l'autre sans attendre. Il rampait au sol pour s'enfuir, suppliant les autres de l'aider. Je devais me dépêcher. Je lançai le couteau qui se ficha dans son dos et l'immobilisa. Il hurlait de douleur. Je retirai l'arme brusquement et le retournai d'un coup de pied sur le ventre. Il tenta de protéger ses parties génitales avec ses mains mais ma fureur était telle qu'il ne parvint pas à m'arrêter. En cet instant de vengeance sourde, personne ne l'aurait pu. Le patron se planta alors devant moi.

— Bon, la rouquine, tu t'es vengée là, maintenant, tu dégages ! Tu vas faire fuir tous mes clients ! J'y suis pour rien moi dans vos affaires !

Du sang avait giclé sur mon visage et je m'essuyai d'un revers de main, l'étalant encore plus. Je ne devais pas être belle à voir. Je fixai l'homme dans les yeux et sortis sans rien ajouter.

Cette histoire remontait à l'année dernière mais, visiblement, le tavernier ne l'avait pas oublié. Ignorant sa demande, je me dirigeai vers le comptoir et aperçus avec amusement les trois clients reculer discrètement. Malgré son air assuré, les mains du patron tremblaient.

— Je n'viens pas vous chercher des histoires, j'ai besoin de renseignements.

— On n'a rien à t'dire !

— C'est à propos de la fille éventrée sur la fontaine.

— Elle ne v'nait pas de chez moi ! Je l'ai jamais vue ici d'ailleurs !

— Je sais, c'était ma sœur. Mais peut-être que t'as vu quelque chose …

— Rien, j'ai rien vu, j'te dis !

— Vers quelle heure tu fermes ?

— Vers trois heures.

— Et après ? Tu rentres chez toi ou t'habites là ?

— Si tu crois que j'vais te révéler où je crèche !

— Je veux juste savoir si t'es sorti après avoir fermé !

— Ouais, j'suis sorti, et y'avait personne sur la fontaine, pas un chat ! Comme j't'ai dit, ta sœur j'l'avais jamais vue avant hier matin !

Jezebel avait donc été tuée plus tard encore dans la nuit et le tavernier n'aurait rien de plus à m'apprendre. Je doutais d'ailleurs qu'un autre de ces établissements aurait plus d'informations. Le temps était sombre et j'avais vraiment faim. Je renonçai provisoirement à mon enquête et décidai d'aller chasser.

La neige s'était arrêtée momentanément de tomber et recouvrait d'une fine couche le chemin menant à la Forêt des murmures derrière chez nous. Seule la trace de mes pas étaient imprimée sur le sol et j'en conclus que je serais seule. Je me déplaçai sans bruit, tel un fantôme dans la grisaille. Le ciel couvert de lourds nuages gris empêchaient les rayons du soleil d'offrir une nette luminosité. Il était impératif de rentrer avant la tombée de la nuit. Une colonie d'oiseaux traversèrent les cieux en direction du sud. C'était l'heure des grandes migrations, comme je les enviais !

J'étais munie de l'arc, que j'avais moi-même fabriqué, et du seau pour les provisions d'eau. Je m'approchai du torrent et m'acquittai de la première tâche, puis trouvai cachette derrière un buisson d'épineux. Figée dans le calme, j'entendais uniquement le bruit de ma respiration lente et apaisée. La solitude ne m'effrayait pas, au contraire. À force de vivre des années durant avec d'autres filles aux caractères bien trempés, la chasse était devenue mon havre de paix.

Enfant, je me plaisais à penser que ma génitrice, bien que morte jeune, avait eu une enfance heureuse et n'avait pas eu à subir cette vie misérable. J'imaginai qu'elle avait grandi dans la prospère Narlamaë, ville qui représentait pour nous, les nées Kadhrassi, une sorte de paradis inatteignable, l'espoir d'un monde meilleur. Les anciennes nous racontaient les rues colorées de la cité antique, les parfums enivrants des bosquets de fleurs, la saveur des fruits issus des vergers fertiles, l'enchantement d'un coucher de soleil sur l'horizon au-delà des prairies, la tendresse d'un câlin familial …

    Un lièvre variable, vêtu de son pelage blanc pour l'occasion, laissait dépasser le bout noir de ses longues oreilles. Il eut l'imprudence de s'aventurer non loin de moi. Je le tuai du premier coup. Ravie de cette prise, je décidai de m'avancer un peu plus loin afin de compléter ce repas d'un autre spécimen. Je fixai ma victime par les pattes à une branche que j'attachai ensuite au seau. Suivant le versant à travers les sous-bois peu enneigés, je me figeai soudain à la vue d'un loup gris.

    Visiblement, il était déjà occupé autour d'une carcasse et ne parut pas me flairer. J'étais étonnée de le savoir seul, mais me méfiai de sa meute sûrement proche. La prudence m'ordonnait de rebrousser chemin, mais l'amour du danger me chuchota de m'emparer de sa prise, si je parvenais à l'éloigner. Je n'eus pas à attendre longtemps pour me décider car le hurlement de ses congénères le ramena vers eux.

    Je patientai quelques minutes afin de m'assurer qu'il ne reviendrait pas et m'approchai de l'animal mort pour vérifier si je pouvais en tirer quelques chose. Avec stupéfaction, je découvris que la bête en question n'était rien d'autre qu'un corps de jeune fille dénudée. Le cadavre était bleu à cause du froid glacial et je n'aurai su dire depuis combien de temps il était là. La jambe de la malheureuse avait sérieusement été entamée par la mâchoire du canidé. Il ne restait à la place du pied gauche qu'un moignon déchiqueté d'où pendait un lambeau de chair.

Comme sur le corps de Jezebel, je remarquai d'énormes hématomes noirs, des coupures et morsures diverses. Je redoutai de soulever la chevelure qui recouvrait son visage. Au fond de moi, je savais parfaitement qui j'allais trouver. Je trouvai le courage de repousser une mèche à l'aide d'un bâton et découvris le visage épouvanté de Granger. Sa lèvre était fendue et son menton recouvert de sang séché. Soudain fébrile, je m'assis dans la neige quelques minutes afin de reprendre mes esprits. Pourquoi avait-il fallu que ça tombe encore sur moi ? Ici, je n'avais ni Sybil, ni brouette, pour la ramener.

Je respirai un grand coup et me redressai. Le jour déclinait et je n'avais aucune envie de me retrouver nez-à-nez avec la meute de loups. Je glissai l'arc dans mon carquois et j'y calais le lapin au bout de sa branche. Je passai mon avant-bras dans l'anse du seau et saisis les poignets frigorifiés de Granger. Je n'étais pas capable de la porter sur une aussi longue distance, j'allais donc la traîner sur la neige. Le retour à la maison me parut durer une éternité. Je manquai plusieurs fois de m'affaler dans la neige à cause d'une racine, d'une pierre, d'un monticule. Je perdis une bonne partie de ma réserve d'eau et une branche me lacéra la joue.

Il faisait nuit noire quand je parvins essoufflée devant la porte. Il me restait encore à affronter le chagrin, l'incompréhension, la peur et la colère des autres. Lucretia et Scarlett étaient occupées à écraser des herbes diverses dans des bols en grès tandis que Sybil rajoutait une bûche dans l'âtre. L'expression désolée de mon visage leur suffit à comprendre. Elles se dirigèrent sans un mot à l'extérieur. Épuisée, je les laissai à leur méditation et me dirigeai en hâte vers le feu réconfortant. Mes doigts gelés me faisaient souffrir. J'avalai un morceau de pain et entrepris de soigner ma blessure à la joue. Un peu plus et la branche me serait rentrée dans l'œil.

Lucretia et Scarlett posèrent le corps de Granger sur la table et le nettoyèrent. Je m'écroulai sur le banc sans avoir la force de les aider. Sybil s'empressait déjà de décortiquer le lièvre pour le préparer. Notre aînée soupira :

— Où l'as-tu trouvée Sana ? Au marché ?

— Non, dans les bois.

— Qui peut bien nous en vouloir ainsi ?

— L'apprenti du boulanger dit que la magie finit toujours par se retourner contre celles qui l'invoquent.

— Qu'est-ce qu'il en sait, lui ? s'énerva Lucretia.

— Tu as vu la taille de ses blessures ? Aucun être humain ne serait capable d'une chose pareille ! Il faut accepter la réalité

Lucretia, on est peut-être allé trop loin !

Les trois autres me dévisagèrent sans rien dire. Elles savaient parfaitement de quoi je parlais : notre secret le mieux gardé depuis près de dix ans.

Plus jeune, j'avais remarqué que, les soirs de lune bleue, mes aînées se rendaient dans un lieu secret des heures durant et n'en revenaient qu'au petit matin. Lors de ma dixième année, je fus conviée à ma première cérémonie initiatique et compris enfin les intentions de Lucretia ainsi que son entêtement à nous garder toutes les six dans sa modeste maison malgré la pauvreté et nos innombrables disputes.

C'était une nuit d'automne particulièrement pluvieuse. Je n'avais sur le dos qu'une maigre pèlerine grise usée ayant appartenu auparavant à Rosadriah et fus rapidement mouillée et transie de froid. Mes bottes trop petites me broyaient l'extrémité des pieds et, comme le sang ne circulait pas correctement, ils furent bientôt gelés et douloureux. Nous marchions les unes derrière les autres sans un mot, scrutant le sol dans l'obscurité afin de ne pas tomber. Sybil n'avait que huit ans, mais comme il n'était pas question de la laisser seule, elle nous accompagna. Je me souvenais encore de sa petite main tremblante accrochée à mon vêtement.

Je n'aurais su dire ce jour quel chemin nous avions emprunté.

Tout me paraissait sombre et effrayant, malgré la clarté bleutée de l'astre nocturne. Les silhouettes des arbres jetaient leur ombre sur nos pauvres carcasses humides. Le vent sifflait à travers les pierres un bruit fantomatique. Nous traversâmes ainsi un sentier forestier et grimpions toujours plus haut. Mes cuisses se crispaient sous l'effort.

Après trente bonnes minutes de marche, nous atteignîmes enfin l'entrée d'une caverne dissimulée à la vue par des buissons touffus. Devant moi, Jezebel relâcha exprès la branche qu'elle tenait au moment où je passais et les feuilles me giflèrent le visage. Je m'apprêtais à lui rendre la monnaie de sa pièce, quand Granger me fit signe de me taire en glissant son index sur ses lèvres d'un air autoritaire.

La grotte n'était pas éclairée et il n'était apparemment pas question d'allumer une torche. C'est donc à tâtons, Sybil à mes basques, que j'entrepris ma première descente dans les profondeurs de l'Obscure. Au bout de quelques mètres, une lueur apparut au fond du tunnel. À ma plus grande stupéfaction, nous débouchâmes dans une cavité souterraine aménagée. Mon cœur palpitait devant cette nouveauté.

Les parois étaient d'une couleur étonnante, un mélange de bleu-vert brillant, changeant selon l'endroit d'où on les regardait. On m'apprit qu'il s'agissait d'un gisement de Bealion, et que c'est cette pierre magique qui donnait à l'ensemble cette luminosité particulière. Je savais depuis ma naissance que l'exploitation des mines étaient réservés aux mages noirs et aux élèves mâles qu'ils formaient. Aucune fille n'avait le droit d'en toucher. J'étais étonnée de constater comment Lucretia avait pu garder un tel secret pendant toutes ces années.

Au sol, elle avait peint un imposant cercle bleu, sur lequel six emplacements avaient été délimité à égale distance les uns des autres. Le dernier repère représentait le centre du disque. L'endroit était parsemé de bougies que Scarlett s'efforçait d'allumer le plus vite possible. Dans la pièce régnait une chaleur réconfortante.

Lucretia m'expliqua alors que la magie du bealion ne devait pas être la propriété exclusive des Sept et que, si nous apprenions à maîtriser son énergie, nous pourrions nous aussi créer la vie et nous offrir tout ce que nous désirions. Elle m'informa avoir choisi pour cela une descendante de chaque nécromancien afin de restituer le rituel de création le plus fidèlement possible. Elle avait initié chacune d'entre nous à sa dixième année, et c'était à présent mon tour. Elle comptait, évidemment, sur ma collaboration pleine et entière, faute de quoi, elle chercherait une autre sorcière au bracelet noir et je serais chassée de sa demeure.

J'acceptai cette condition, non par peur d'être rejetée puisque je ne ressentais pas grande affection pour cette femme ambitieuse, mais plutôt par curiosité. Quand je lui demandais d'où elle tenait ses connaissances sur le rituel de création, elle m'avoua s'être introduit une jour dans le temple des Sept pour y reprendre son enfant, et qu'elle avait malgré elle assisté à une cérémonie, un jour de pleine lune bleue.

Parvenir au rituel collectif exigeait pour chacune d'entre nous d'établir un contact avec la roche magique et en ressentir ses effets. Au début, c'était totalement abstrait pour moi. Je ne comprenais pas l'intérêt de passer des heures assise les mains au-dessus d'une pierre. Rien ne se produisait jamais, et pourtant, mois après mois, année après année, nous retournâmes dans la Grotte Obscure, répétant inlassablement les mêmes gestes.

L'année de mes seize ans cependant, un incident changea le cours de ma vie. Mon viol et celui de Sybil avait fait naître en moi un profond sentiment d'injustice et de colère. Cette animosité ne me quittait pas et me rendait exécrable. Lorsque je m'assis à ma place au centre du cercle bleu, en digne descendante de Solar, je trépignai de cette énième tentative et sentait la rage bouillonner en moi. Au lieu de me concentrer sur l'énergie de la pierre censée m'envahir, je canalisai ma furie au bout des doigts et rejetai mon ressentiment sur le petit caillou.

Contre toute attente, le béalion brilla instantanément,

éclairant toute la cavité. Les six autres sursautèrent et se levèrent pour s'approcher mais Lucretia leur ordonna de rester à leur place. Je sentis le pouvoir affluer entre mes mains puis parcourir mon corps. Confiante, Sybil tendit alors les paumes vers moi et l'énergie se propagea jusqu'à elle, créant sur son passage un chemin de fleurs. Ce sentiment de puissance était incroyable, mais épuisant. Je me sentis soudain défaillir et m'évanouis.

À mon réveil, Lucretia se tenait au-dessus de moi, ravie, une rose à la main.

— Nous avons réussi, Sana. De grandes choses nous attendent.

L'étape suivante avait consisté à apprendre à maîtriser ce pouvoir. Hélas, les dissensions au sein de notre groupe ralentissaient notre progression. Il devint évident que les autres ne parvenaient pas à créer le flux d'énergie central et que tout dépendait de moi, ce qui agaçait Jezebel et Granger au plus haut point. Pour ma part, je partageais avec plaisir la puissance du béalion avec Sybil tandis que je rechignais à tendre les mains vers les autres. Au fur et à mesure, je sentais que la pierre magique avait pris possession de moi et qu'elle décuplait mes forces. Je n'avais dès lors plus peur de me battre et maîtrisais la plupart de mes adversaires. Aucun homme n'osa plus m'approcher. D'un geste de main, je créais des flux d'énergie.

Toutefois, ce secret nécessitait la plus grande discrétion et je consentis à ne pas utiliser mes nouveaux pouvoirs en dehors de la Grotte.

Ainsi, depuis trois ans, à chaque lune bleue, nous engendrions un petit quelque chose, une fleur, un fruit, un arbuste. Tantôt une salade sortait miraculeusement de terre, tantôt un mur de ronces remplis de mûres, tantôt une grappe de raisin. Des petites douceurs végétales attendues chaque mois comme la récompense de notre travail. Jusqu'à la dernière fois …

La neuvième lune avait été une consécration. Jezebel, particulièrement en forme, après une énième dispute, m'avait mise au défi de donner vie à un animal. Elle m'en croyait incapable. Scarlett s'était mise à paniquer, insinuant que nous n'étions pas prêtes. Rosadriah avait demandé si cela était bien utile et raisonnable tandis que Granger soutenait son amie. Sybil se rangeait à mon avis, comme d'habitude. Seule Lucretia pouvait nous départager. Animée par la curiosité, elle accepta et nous nous installâmes.

À présent, je n'avais plus besoin d'être en colère pour me lier au béalion. Je ressentais sa puissance en moi et je communiquais avec lui par la pensée. Nous n'avions pas décidé ensemble quel animal créer, je pris donc la liberté de le choisir. J'imaginais dans mon esprit l'image d'un lapin, un mignon petit gibier. J'inspirai profondément et laissai mes mains façonnaient la bête tandis que les six autres, les paumes rivées vers moi, me transmettais leur énergie. Cependant, la force devint soudain trop puissante et je ne parvenais plus à la canaliser. Une explosion se produisit et nous propulsa contre les parois de la pièce. Aveuglée, j'essayais de me remettre rapidement sur pied afin de vérifier que Sybil n'avait rien. Heureusement, personne n'avait été blessé, hormis quelques coupures dues à la chute. Au milieu de la pièce, au centre même du cercle bleu, se tenait un lapin.

— Aller trop loin ? Sana, nous avons créé la vie !

— Cette énergie est trop puissante pour nous, Lucretia, nous ne savons pas la contrôler !

— Si les Sept le peuvent, nous le pouvons aussi ! Nous sommes leurs filles !

— Quel serait le rapport entre les morts de Jez et Granger et le béalion ? remarqua Scarlett. Ce n'est quand même pas un caillou qui les a tuées !

— Peut-être que quelqu'un est au courant … suggéra Sybil.

— Quand tu dis quelqu'un, tu veux dire, les Sept ? s'interrogea Scarlett. C'est absurde, comment l'auraient-ils su ? Nous avons toujours été très prudentes !

— Ce n'est pas si absurde, conclut Lucretia. Imagine que les mages noirs aient compris que nous maîtrisions la puissance du béalion, ils ont tout intérêt à nous faire disparaître !

— Si tu dis vrai, nous sommes toutes les cinq en danger … paniqua Sybil.

Cette réflexion nous plongea dans un silence angoissant. Ma jolie blonde prépara avec l'eau chaude une infusion aux herbes relaxantes. Je sentis soudain une profonde lassitude s'abattre sur moi et rechignai à sortir quand vint le moment de faire nos adieux à Granger. Lucretia n'insista pas – après tout, j'avais déjà fait beaucoup pour elle en arrachant son corps aux crocs des loups. Je posai la tête dans les bras sur le bord de la table en les attendant et m'endormis presque aussitôt.

CHAPITRE 3 : LE TEMPLE

En me réveillant au petit matin, j'avais pris ma décision. Je n'allais pas attendre sagement que les Sept viennent me découper en morceaux sans agir. J'étais engourdie d'avoir passé la nuit affalée sur la table de la salle à manger. Personne n'avait jugé bon de me réveiller et quelqu'un – Sybil peut-être ? - avait simplement déposé une couverture sur mes épaules. Lucretia et Scarlett dormaient à poings fermés, recroquevillées sur leur couchage sommaire. Dehors, le jour se levait à peine. Une lumière rosâtre enveloppait l'horizon d'une atmosphère féerique. Je ne savais pas quand et si je reviendrai ici ; je ne m'autorisais pas à garder égoïstement les vêtements de Rosadriah. Je récupérai ma tunique tâchée du sang de Jezebel. Elle était sèche. Sans bruit, je déposai la robe au pied du lit de la malade au premier étage.

— Où vas-tu Sana ?

Je sursautai.

— Rosa … je ne voulais pas te réveiller.

— Je ne dormais pas. Et tu n'as pas répondu à ma question.

— Je dois savoir ce qu'il est arrivé à Jez et Granger, avant que cela ne nous tombe dessus. N'essaye pas de m'en dissuader.

— Je n'en avais pas l'intention. Tu as toujours été la plus sage d'entre nous, Sana, et la plus courageuse. Si tu ne trouves pas le coupable, personne ne le pourra.

Elle attrapa ma main, elle était brûlante. Je pris soudain conscience que je ne savais presque rien d'elle. Rosa était comme moi, solitaire et renfermée. Son beau teint métissé empêchait de constater l'étendue de sa maladie. Je me désolais de ne pas savoir comment la guérir, malgré les potions de Lucretia et le gisement de béalion.

— Rosa, si je ne reviens pas, tu pourras …

— Oui, compte sur moi.

J'étais rassurée de savoir Sybil à présent en compagnie de femmes raisonnables et partais sans crainte. Je n'avais pas le cœur à l'affronter une fois réveillée. La lourde cape grise à capuche de Granger pendait encore à son crochet. Là où elle était, elle n'en avait plus besoin. J'avalai une grosse tranche de pain beurré et glissai un autre morceau dans ma poche, ainsi que le couteau. Le froid mordant me saisit dès ma sortie. Le ciel était dégagé et le jour éclairait d'un soleil pâle les rues sales du quartier est. Un mince tapis neigeux recouvrait le sol en terre battue de l'artère principale menant à la place du marché, et chacun de mes pas s'y enfonçait. J'aimais entendre le bruit du crissement des bottes dans la neige durcie par le gel.

Je marchais d'un pas décidé, sans prendre le temps d'observer la foule naissante autour de moi. Les marchands ambulants se pressaient déjà pour obtenir les meilleures places. Dans la rue se bousculaient badauds, charrettes et animaux dans une insouciante cacophonie. Arrivée en vue de la fontaine, surmontée de le devise de la cité, je ne pus m'empêcher d'avoir une pensée pour Jezebel.

« Mort et Vie ».

L'eau avait apparemment été nettoyée et chacun allait s'abreuver sans souci. Je traversai l'esplanade sans m'arrêter et pris le chemin en direction du nord.

Le Temple des Sept se trouvait à l'extérieur de la ville, sur les hauteurs. Il avait été bâti par des apprentis il y avait près de trois cents ans. Je ne m'y étais encore jamais rendue. Le sentier était apparemment peu fréquenté ; l'épaisseur de neige y était plus importante. Le passage était bordé de sapins et de mélèzes dont les aiguilles étaient déjà tombées.

Le chemin s'interrompait brutalement au-dessus d'un ravin de plusieurs mètres où dévalait un torrent. Un mince pont de pierre, aux piliers gravés de têtes de mort, permettait de rejoindre l'autre rive. Le gel avait rendu l'édifice glissant et je m'y engageai avec prudence. Au loin, j'aperçus entre les pics enneigés la silhouette du Temple au sommet d'un mont, dominant la vallée à travers le ciel encombré de nuages.

Après une rude montée d'une bonne heure à serpenter sur les sentiers réduits de la paroi abrupte, sans croiser âme qui vive, j'atteignis enfin un parvis de pierres et m'arrêtais un instant pour souffler. Je levai les yeux sur l'incroyable architecture face à moi. Elle était composée d'un bâtiment principal rehaussé par une immense flèche en pierres dirigée vers le ciel, et de deux constructions secondaires, des tours, de chaque côté. Une volée d'une dizaine de marches menait à une immense porte surmontée d'une hideuse tête de mort. La bâtisse, de forme heptagonale, était décorée sur chaque arête d'une statue représentant l'un des mages. La modestie n'était certainement pas l'une de leurs nombreuses qualités.

Je n'avais aucun plan. L'escalier était encadré de deux piédestaux couronnés de vasques géantes où se consumait un feu terne. Je m'apprêtai à m'y engager lorsque j'entendis un bruit venant de la tour sur ma droite. Je me précipitai derrière un arbre et observai trois hommes sortir de la fortification les bras chargés de paniers. Ils les déposèrent dans un chariot attelé à deux chevaux de trait garé sur le parvis. Des livreurs. Ils recommencèrent ce manège à trois reprises jusqu'à avoir tout chargé. Ils se mirent en route et je profitai de leur départ pour me faufiler jusqu'à la porte par laquelle ils étaient sortis. Elle n'était pas verrouillée.

Je déboulai dans une vaste salle sombre remplie de vivres. Je n'avais jamais vu autant de nourriture rassemblée au même endroit. Tantôt des viandes conservées dans des bacs en salaisons, des carcasses pendues au plafond, des caisses de fruits et de légumes, tantôt des sacs de blé, d'orge, d'avoine et de farine, tantôt des ballots de paille et des tonneaux de vin. Mon ventre gargouilla et je me retins de ne pas sauter sur ces victuailles inespérées. Au fond de la salle, un escalier menait à l'étage supérieur, tandis que d'autres marches descendaient vers les souterrains. M'approchant, je surpris des voix d'hommes venant du dessus et préférai explorer le sous-sol.

Les degrés étaient poussiéreux et recouverts d'un mélange de farine, paille, herbe et sang d'animaux. C'était vraisemblablement le chemin emprunté pour transporter les vivres jusqu'aux cuisines. Cependant, personne n'avait vu la nécessité de les entretenir. Le passage où je débarquai était correctement éclairé par des torches suspendues aux murs à intervalles réguliers. Le sol en terre était sec mais tout aussi sale. J'avançais prudemment lorsque surgirent trois individus. Ils portaient une longue cape noire à capuche et riaient à gorge déployée. Des apprentis, sans aucun doute. A ma vue, ils se figèrent.

— Eh ! Toi ! Tu n'as rien à faire là ! Les livreurs doivent rester dans les tours ! vociféra le plus grand du groupe.

Ma tête était couverte et, comme j'étais vêtue de mes braies, ils n'étaient en mesure de savoir que j'étais une fille. Je n'étais pas venue là pour faire demi-tour, pas sans avoir rencontré l'un des Sept. Comme je ne bougeais pas, ils s'approchèrent d'un pas vif. Le premier, celui qui m'avait interpellé, posa la main sur mon épaule.

— Eh, mon gars, t'as pas entendu ce que …

Je ne lui laissai pas le temps de finir. Je me dégageai de son emprise par un brusque mouvement de recul. Déstabilisé, il manqua de tomber en avant. Je l'esquivai et me retrouvai derrière lui. Entre temps, j'avais saisis le couteau de ma poche et d'un geste précis lui tranchais la carotide, sans remords. Un filet de sang gicla de sa gorge tandis qu'il s'écroulait à genou, agonisant. Les deux autres s'immobilisèrent, stupéfaits.

Le plus à gauche, reprenant ses esprits, tenta de me frapper avec son poing mais je déjouai son coup pas assez rapide en m'abaissant. Il sortit un poignard de ses vêtements et menaça de m'étriper. Nous nous tournâmes autour. Comme ma capuche rabattue était longue, il ne voyait ni mes yeux ni mon visage. Quant à moi, je lisais parfaitement l'effroi dans son regard. Sans prévenir, j'attaquai la première. Je saisis son poignet et le serrai si fort qu'il en lâcha son arme. Je sentais le pouvoir du béalion se réveiller en moi. Nul doute qu'un gisement se trouvait sous ce temple. Je rattrapai le manche de l'autre main et lui plantai dans la cuisse.

Il poussa un cri de douleur, provoquant la fuite du troisième. Il n'était pas question de lui permettre de s'enfuir et prendre le risque qu'il ameute tous les apprentis, et les mages. J'arrachai d'un geste vif la lame fichée dans la chair et mon adversaire s'agenouilla sous le coup de la souffrance. Je plantai une nouvelle fois l'objet dans son cœur et il rendit l'âme en quelques secondes.

Je partis en courant à la recherche du troisième larron. Le sang dégoulinait de mes doigts. Au fond du couloir, un escalier menait au rez-de-chaussée du bâtiment central. Je débarquai avec stupéfaction dans une immense salle ronde entourée de sept colonnes magnifiquement sculptées dont le centre était surélevé. Le fugitif se dirigeait déjà vers une issue lorsque je lançai l'arme dans sa direction. Celui-ci, après avoir tournoyé, dans les airs vint se ficher entre les deux omoplates. Alors qu'il tombait raide mort en poussant un hurlement, la porte s'ouvrit sur un homme vêtu d'une longue cape bleue.

— Mais qu'est-ce que c'est que tout ce raffut ?

Il ne tarda pas à avoir la réponse à sa question et observa avec dégoût l'apprenti s'écrouler à ses pieds dans une mare de sang. J'étais à présent désarmée et vulnérable. L'individu encapuchonné leva la tête vers moi, tendit les mains en avant, et, sans un mot, esquissa un mouvement de bras parfaitement symétrique. J'aperçus une pierre briller sur un pendentif autour de son cou. J'avais face à moi un mage maîtrisant la magie du béalion.

J'étais perdue.

Une énergie invisible se dégagea de ses mains vers moi. Par réflexe, je croisais les bras devant mon visage. Il se passa alors une chose incroyable, à laquelle je n'étais pas préparée, et mon adversaire son plus. Au lieu d'être submergée par l'énergie de la pierre, mes mains absorbèrent sa puissance et la renvoyèrent sur le mage. Il fut projeté avec violence en arrière et se cogna contre l'une des colonnes.

Je n'osai plus bouger, stupéfaite de ce que je venais d'accomplir. Le mage noir se releva. La chute avait rabattu sa capuche et je découvris son visage. Mon cœur se mit à battre. Il avait de longs cheveux blonds, presque blancs, dont les deux mèches de devant étaient regroupées à l'arrière par une tresse. Ses yeux bleus et intenses me fixaient avec étonnement. Je connaissais ce regard, ces lèvres, ces traits, l'expression de ce visage. Sybil était son portrait craché. Je sus immédiatement de qui il s'agissait : Yacius, son père.

Déstabilisée à la fois par la magie et cet homme aux traits étrangement familiers, je restais figée tandis qu'il s'approchait de moi sans crainte. D'une main ferme et énervée, il rabaissa mon capuchon et je lus la stupéfaction dans ses yeux.

— Une femme ? Mais qui es-tu ?

Dans un dernier geste d'auto-défense, je tentai de le repousser mais il bloqua mon bras d'une main ferme et vigoureuse. Les manches de mon vêtement glissèrent, découvrant mon bracelet noir. Mon adversaire me relâcha aussitôt.

— Tu es la fille de Solar ?

J'acquiesçai légèrement de la tête, comme une gamine épouvantée devant son maître. Pour la première fois de ma vie, j'étais impressionnée par une force supérieure à la mienne.

— Suis-moi, répondit-il calmement.

Alors que je n'avais jamais obéi à personne, j'approuvai sans le contredire. Le charisme qui émanait de Yacius me subjuguait. Était-ce à cause de sa ressemblance avec Sybil ? Ou de la magie qu'il dominait ? Il marchait devant moi avec prestance sans même se retourner. Malgré ses trois cents ans, il paraissait en avoir trente. D'où me venait ce sentiment étrange ? Et lui, que pensait-il en cet instant ? Quel sort me réservait-il ?

Nous longeâmes un nouveau couloir bien mieux entretenu que le précédent, encadré de trois portes de chaque côté et d'une autre au bout. Sur cette dernière était sculpté en or un gigantesque lion. Yacius frappa et entra sans même attendre de réponse. Nous débarquâmes dans une salle de taille modeste dont les murs étaient recouverts d'étagères, de livres, d'objets anciens et de manuscrits. Au centre de la pièce trônait un magnifique bureau en bois sombre. Juste derrière, un homme affalé dans un fauteuil de velours rouge nous tournait le dos. Il avait le crâne rasé et était vêtu d'un long manteau noir.

— Solar, cette femme s'est introduite dans le Temple.

— Et tu n'arrives pas à t'en débarrasser tout seul ? plaisanta le mage sans se retourner.

— Tu devrais regarder ça.

Yacius saisit mon bras, en remonta la manche et posa mon bracelet en évidence sur le bureau. Le grand Solar daigna enfin se mettre debout et jeta un œil à mon poignet. Il se figea de surprise.

— Qui t'a donné ce bijou ?

— Ma mère, à ma naissance.

Il leva enfin la tête vers moi et me dévisagea. Il avait un regard perçant. J'en fus gênée et baissai les yeux. Cet homme m'impressionnait. D'une part parce qu'il était mon géniteur, mais aussi parce qu'une puissante aura mystérieuse se dégageait de lui. Il était le chef des mages noirs, le plus fort d'entre eux. Même Yacius semblait le craindre. Je l'observai et cherchai quels traits nous avions en commun : son crâne chauve ne me permettait pas de savoir de quelle couleur était ses cheveux, mais, à la vue de ses sourcils fournis, sa chevelure était vraisemblablement plus foncée que la mienne. Nous avions cependant les mêmes yeux verts.

— La rouquine de Solar …

— Qui vous a parlé de ce surnom ?

— Rien de ce qui se passe à Kadhrass ne nous est inconnu, répondit-il un léger sourire présomptueux aux lèvres. Tes exploits depuis trois ans ont façonné ta réputation : voleuse, belliqueuse, agressive… Mon anecdote préférée est la bagarre que tu as déclenchée à la taverne de Pégase l'année dernière ! Deux clients ont fini eunuques à ce qu'on m'a raconté …

Il narrait mes exploits avec tant de fierté qu'on eût dit qu'il les avait lui-même accompli. Il s'approcha de moi, me fixa dans les yeux et caressa tendrement ma joue meurtrie du dos de la main.

— Tu lui ressembles tellement …

Ce contact tellement imprévu me déstabilisa. Je reculai alors sauvagement mon visage et montrais les dents comme si je m'apprêtais à le mordre. Aucun homme ne me touchait, même pas lui.

— Je n'ai pas connu ma mère, elle est morte à ma naissance.

— C'était une femme merveilleuse, belle, sensible et intelligente. Avec un fort caractère comme le tien ! Pourquoi l'avez-vous chassée du Temple alors ?

— Mais je ne l'ai pas chassée ! C'est elle qui est partie ! Pourtant, je lui ai offert tout ce qu'elle désirait. Ici, elle ne manquait de rien, nourriture, bijoux, vêtements ; elle était traitée comme une princesse.

— Une princesse prisonnière …

— Ce n'est pas ce que tu crois. Moïra m'a suivi à Kadhrass de son plein gré. À Narlamaë, elle n'était qu'une orpheline mendiante dans la rue. Elle n'a jamais été ma captive. Elle m'aimait.

— Comme on aime son bourreau … Elle s'est enfuie pourtant. Pourquoi serait-elle partie sinon ?

— Je ne sais pas. Elle a eu peur, peut-être, pour toi. Je lui avais promis que, si elle me donnait un fils, il serait mon héritier, que je ferais de lui le plus puissant des apprentis. Quand elle a constaté que tu étais une fille, elle a sûrement craint que je ne sois déçu, et que je m'en prenne à toi. C'était absurde, je n'aurais jamais rien fait pour vous blesser, toutes les deux. Elle a fui, et je ne l'ai jamais revue. Je l'ai faite rechercher dans les rues de

Kadhrass, en vain. Pendant longtemps, j'ai cru qu'elle avait réussi à rejoindre Narlamaë. Et puis, quand j'ai entendu parlé de toi, j'ai compris qu'elle était morte.

C'était la première fois que quelqu'un me parlait d'elle. C'était étrange. J'avais toujours imaginé mon père comme un homme puissant sans cœur, une brute insensible qui aurait violé ma mère et l'aurait jeté par la suite. Sa version ressemblait à un véritable conte de fées et une partie de moi avait envie d'y croire.

— Alors, Sana, que nous vaut l'honneur de ta présence ? En as-tu assez des vols ? Viens-tu demander l'asile ? Tu seras toujours la bienvenue ici.

— Et j'apprendrai à maîtriser le béalion ?

Solar me dévisagea, surpris de ma question, jaugeant ma réaction pour savoir si ma demande était sérieuse ou non. J'étais tout ce qu'il y a de plus sérieuse.

— Voyons, Sana, la magie est réservée aux hommes.

— Elle le maîtrise déjà, rétorqua Yacius jusqu'alors silencieux. Elle a tué un apprenti.

— Trois, en fait.

Je m'attendais à subir la colère du mage. Cependant, il ne s'énerva pas, retira le pendentif autour de son cou et me tendit le morceau de pierre.

— Montre-moi.

Les deux nécromanciens m'observaient avec méfiance. Je n'avais aucune envie d'être leur bête de foire et sentis la colère montée en moi. Je fermai les yeux et me concentrai sur la scène. Le carrelage du sol se mit à vibrer. Autour des bottes de mon père sortirent deux gros pieds d'orties d'une espèce particulièrement irritante qui montèrent en s'enroulant autour de ses jambes. Alors que je m'étais attendue à une réaction violente de la part de Solar, il éclata d'un rire sonore. D'un simple geste horizontal, il transforma les plantes urticantes en un parterre de délicieuses fleurs blanches, des edelweiss. Il me reprit sans un mot la petite pierre verte des mains.

— Voilà, Yacius, pourquoi on ne laisse pas les femmes s'approcher du béalion : elles ne maîtrisent pas leurs émotions.

Le mage bleu ne répondit pas. S'il n'était pas d'accord avec cette décision, il n'en dit rien. Cette affirmation misogyne me mit hors de moi, mais il n'était pas question de montrer à mon géniteur un moindre signe de faiblesse. Solar s'approcha d'une console en chêne, passa sa main au-dessus de trois verres et du vin apparut dans chacun d'eux miraculeusement. Il nous servit et m'invita à trinquer. Il était temps d'aborder le véritable sujet de ma venue.

— C'est pour cela que vous nous exterminez ?

— Comment ? De qui parles-tu ?

— Jezebel, la fille de Cazad, que vous avez éventrée sur la fontaine du marché.

— Tu connaissais la victime ?

— Vous savez donc de qui je cause ?

— Des livreurs nous ont informé de ce carnage hier. Nous avons cru qu'il s'agissait d'une prostituée tombée sur la mauvaise personne.

— Avec des blessures pareilles ? Seul un mage puissant serait capable d'une telle rage !

— Tu penses que nous sommes responsables de ce meurtre ? C'est pour cela que tu es venue ?

— Pourquoi donc sinon ?

Solar parut vexé, comme s'il avait pensé que je lui rendais une visite amicale pour le rencontrer ! Yacius avait l'air intrigué par mes paroles et poursuivit l'interrogatoire.

— Qui était cette fille pour toi ? Ton amie ?

— C'est une des gosses avec qui je vis. On a grandi ensemble.

— Chez Lucretia ? C'est l'une des sorcières de ton coven ?

Ils connaissaient donc ma tutrice, l'endroit où je vivais et nos activités. Un premier aveu de culpabilité ? Que savaient-ils d'autre ? J'acquiesçai sans en rajouter, de peur d'en révéler trop.

— Tu as parlé de blessures ? Peux-tu nous les décrire ?

Je détaillais donc du mieux possible l'apparence du cadavre. Les deux mages m'écoutaient avec beaucoup d'attention. Je commençais à douter de leur responsabilité de cette histoire. Ils paraissaient vraiment étonnés.

— Y a-t-il d'autres victimes ?

— Oui, Granger, fille de Sigrim. Je l'ai retrouvée le lendemain dans les bois. C'étaient les mêmes contusions.

— Maîtrisaient-elles aussi le pouvoir du béalion ?

— Jez et Granger ? Sûrement pas, elles en étaient vertes de jalousie.

— Et les autres ?

— Pas que je sache. Quel est le rapport avec leur mort ? Vous vous êtes trompés de cibles ?

— Nous ne sommes pour rien dans ces meurtres, Sana, conclut mon père. Pourtant, tu as raison sur une chose : seul un être à la force surhumaine a pu leur infliger de telles blessures. Un être … maîtrisant le béalion …

Il me jeta un regard suspicieux.

— Vous m'accusez d'avoir tué mes compagnes ?

— Comme toi, je cherche à comprendre ce qu'il s'est passé. Le béalion n'est pas une magie à prendre à la légère. Il créé la vie, mais peut aussi s'avérer très dangereux pour qui l'utilise mal. Cette question mérite l'attention de tous les mages. Je vais réunir le conseil pour cet après-midi. Tu y es bien évidemment attendue.

— J'ai le choix ?

— Pas vraiment … Yacius va te conduire à ta chambre. Tu pourras te changer et te restaurer avant de te présenter devant les Sept.

Le père de Sybil se mit alors en route sans rien ajouter et je compris que j'étais tenue de le suivre. On me congédiait.

— Yacius, l'interpella mon géniteur alors que nous passions la porte. Ne laisse aucun autre homme s'approcher d'elle, compris ? Ni apprenti, ni mage.

Mon chaperon acquiesça et poursuivit son chemin en direction du couloir. Que redoutait ainsi Solar ? Que l'un des habitants du Temple cherche à abuser de moi, ou que je me défende ? Le verre de vin, que j'avais un peu trop vite ingurgité sans avoir rien mangé, me tournait légèrement la tête mais je m'efforçais de garder les idées claires. Nous revînmes sur nos pas à la grande salle où j'avais planté un couteau dans le dos du fuyard. Il n'avait pas bougé et le sang s'était répandu à terre dans une grosse flaque. Sans s'en préoccuper, Yacius entreprit de m'informer sur les lieux. Sa voix était chaude et chaleureuse.

— Ici se trouve la salle principale de création. Elle nous sert aussi à tester l'avancement des apprentis lors de certaines cérémonies. La pièce d'où nous venons est le bureau de Solar. Les six autres pièces nous sont réservées pour nous isoler et travailler. Nos appartements se trouvent au premier étage, contrairement aux apprentis qui logent au deuxième.

— C'est là que je vais ?

— Non.

— Vous me mettez aux cachots ?

Le nécromancien sourit.

— Ton père te réserve depuis longtemps la chambre à côté de la sienne. Celle de sa favorite, ta mère. Comme elle n'a pas été utilisée depuis un moment, je ne sais pas si le ménage a été fait, ou si la température permet de t'y rendre tout de suite. Je vais t'accompagner pour y remédier.

Je rougis instantanément devant tant de sollicitude. Je n'avais pas l'habitude d'être aussi bien traitée, surtout après avoir assassiné trois des leurs. Je n'étais vraiment pas douée pour les interactions sociales et n'avais aucune idée de ce que je me devais de répondre.

— C'est un grand honneur pour moi, me forçai-je à répondre d'une manière peu naturelle.

Il n'ajouta rien de plus et poursuivit jusqu'à un escalier à vis. Il était étroit et dans cet espace exigu, je me sentais encore plus proche de l'homme charismatique. Je humais avec délice son parfum enivrant, une combinaison de lavande et de fond boisé. Nous parvînmes dans un long et large corridor recouvert au sol d'un épais tapis rouge et décoré de moult peintures, sculptures, objets précieux. On se serait cru dans l'échoppe d'Oltar. À l'entrée se trouvait une pièce ouverte où s'agitaient plusieurs servantes autour de baquets d'eau et de fil à linge.

— Fleur ! interpella Yacius.

Une petite brune se retourna et s'avança vers lui rapidement. Elle portait un bliaud[1] bleu ciel et étroit sans manches au-dessus d'une tunique blanche, serré sur la poitrine par un cordon de cuir. Ses cheveux étaient parfaitement tressés et attachés à l'arrière en chignon impeccable.

— Oui maître Yacius ?

— Suis-nous.

Elle m'observa sans commentaire. Une fois à l'abri des regards indiscrets des autres domestiques, il entreprit d'expliquer à la jeune fille ce qu'il attendait d'elle.

— Solar souhaite que sa fille Sana soit traitée avec tous les égards dus à sa position, comme une invitée d'honneur. Tu seras donc à son service tant qu'elle en aura besoin. Elle s'installera dans la chambre de sa mère, Moïra. Pour commencer, rends-toi

---

[1] Tunique moyenâgeuse

aux cuisines et rapporte-lui de quoi se restaurer.

La brunette acquiesça et partit au pas de course vers le rez-de-chaussée. Yacius s'avança vers une porte magnifiquement sculptée entourée de deux chandeliers accrochés au mur. Il effectua un mouvement circulaire avec le majeur et l'index de sa main droite et elle se déverrouilla. L'appartement était spacieux et richement décoré malgré l'épaisseur de poussière qui traînait sur les meubles. De magnifiques tapis recouvraient un sol en pierres blanches. Une large cheminée surmontée d'une hotte où un lion avait été peint occupait le mur nord. Une immense tapisserie représentant des scènes de nature pendait sur la paroi en face derrière un banc recouvert d'étoffe rouge. Au centre, un large lit surmonté d'un dais en bois entouré de courtines trônait.

Yacius ouvrit les rideaux et le soleil méridien inonda la pièce. Il s'approcha du foyer les deux mains en avant. Ses paumes tournées vers l'âtre, il se figea quelques secondes dans cette position. Une fumée s'éleva soudain et les bûches s'enflammèrent en un instant. Ensuite il effectua un geste circulaire vers une grande bassine de cuivre pendue au-dessus et la remplit d'eau. Sa magie était prodigieuse. Il se tourna vers moi et découvris que je l'observais, fascinée. Je rougis et détournai le regard. Il s'approcha de moi et prit délicatement ma main. Je frissonnais malgré la chaleur qui s'échappait de ses doigts. Il m'amena devant la cheminée et se plaça derrière moi. Je percevais son corps dominer le mien d'une bonne tête. L'odeur boisée m'enivrait tandis qu'il disposait mes mains au-dessus de l'âtre.

— Le feu provient du plus profond de notre être, susurra-t-il à mon oreille. Il est la forme la plus pure de l'énergie. Ferme les yeux et imagine les flammes naître sous tes doigts. Laisse la puissance du béalion t'envahir.

J'étais à la fois intimidée et terriblement excitée. Je tentai de me concentrer sur cette expérience inédite. J'avais déjà réussi à créer la vie, vivifier un feu ne serait pas plus difficile. Je me laissais submerger par mes émotions et une étincelle déferla sur nous avec ardeur. Yacius me jeta en arrière et arrêta les flammes d'un signe de main.

— Je … je suis désolée …

J'avais peur qu'il ne se mette en colère, non pas que je craignais un quelconque châtiment corporel, j'en avais l'habitude et savais me défendre, mais je redoutais de le décevoir. Pourtant, au lieu de se fâcher, il se mit à rire.

— Peu d'apprentis parviennent à réaliser un feu du premier coup, et toi, tu manques de nous transformer en torche humaine ! Quelle puissance ! Mais si j'étais toi, j'attendrais un peu que l'eau refroidisse avant de l'utiliser…

Sur cette remarque sarcastique, il se dirigea vers la porte où une main venait de frapper. Fleur était déjà de retour, un plateau à la main.

CHAPITRE 4 : RÉSURRECTION

Des odeurs appétissantes se dégageaient de l'assiette. Sans complexe, je me jetai sur le pain chaud, le pâté et le fromage. Fleur m'observa en souriant puis s'attela à préparer la baignoire en cuivre et à y verser l'eau bouillante. Puis elle s'approcha du coffre en bois pour s'aviser de son contenu. L'ensemble était poussiéreux mais elle en sortit plusieurs robes.

— Votre mère avait bon goût.

— Tu l'as connue ?

— Si je l'ai déjà vue, je n'en ai aucun souvenir. J'étais âgée de cinq ans quand vous êtes née. Toutefois, les domestiques en parlaient souvent, même après son départ. Elles la regrettaient, c'était l'une des seules favorites à nous traiter avec respect.

— C'est quoi, une favorite ? J'ai déjà entendu Yacius prononcer ce mot tout à l'heure ...

La pauvre peinait à raccrocher la bassine chaude sur la cheminée et j'accourus pour l'aider puis lui proposai de s'asseoir sur l'autre tabouret pour partager le pain avec moi.

— Les mages sont réputés pour enchaîner les liaisons et ne pas s'attacher à de simples mortelles, expliqua-t-elle entre deux bouchées. Toutefois, ils rencontrent parfois une femme qu'ils apprécient plus particulièrement. Elle devient leur « favorite », ce qui empêche les autres nécromanciens et les apprentis de s'en approcher. Elle obtient alors de nombreux avantages, comme une chambre individuelle et une servante. Si elle était issue des domestiques, elle s'arrêtait de travailler. La plupart des favorites sont hautaines et méprisantes. Cependant, Moïra n'était pas comme cela.

— Qui est la favorite actuelle de mon père ?

— Maître Solar n'a eu aucune favorite depuis le départ de votre mère, malgré les nombreuses propositions qu'il a reçu.

— Et Yacius ?

Je sentis le regard amusé de Fleur sur mes joues rosissantes. Je ne savais pas pourquoi j'avais posé cette question.

— Ne rougissez pas. Toutes les jeunes filles du Temple rêvent d'être un jour la favorite de maître Yacius !

— Même toi ?

— Bien sûr, il est tellement beau ! Et puissant ! Et si gentil !

— Pas pour moi. Les hommes ne m'intéressent pas, ce sont tous des brutes sans cœur, dominés par leurs instincts primitifs. Je suis juste curieuse, c'est tout. J'aime bien savoir à qui j'ai affaire …

— Yacius n'a jamais donné son cœur à une femme. Il a bien

des liaisons passagères, mais il ne s'est jamais vraiment attaché à quelqu'un.

— Il préfère la compagnie des hommes ?

— Non, je ne crois pas. Je pense plutôt qu'il n'a jamais trouvé chaussure à son pied. Aucune fille n'est jamais assez bien pour lui.

Je n'avais jamais eu d'amie, ni même de conversation amicale avec personne. Les sœurs de mon coven m'apparaissaient fades et sans intérêt, en dehors de Sybil. Et pourtant, je me plaisais à discuter avec la fraîche Fleur. Ses réponses étaient spontanées et naturelles, j'étais soudain curieuse de tout apprendre de la vie au Temple.

— Chaque servante est donc attribuée à un maître ou à une favorite ?

— Pas exactement. Jusqu'à mes quatorze ans, je travaillais aux cuisines, la plupart du temps pour nettoyer, faire la vaisselle ou descendre à la cave chercher des provisions. Les cuisinières sont souvent des femmes trop vieilles pour plaire aux mages, des anciennes favorites reléguées au statut de domestiques. La plupart sont aigries d'avoir été ainsi rejetées et ne te font aucun cadeau.

Ma collation étant terminée, elle m'invita, tandis qu'elle parlait, à rejoindre le bain où l'eau était à présent tiède. Elle m'aida à me dévêtir et à détresser mes cheveux. La plongée dans le liquide à bonne température délia toutes les tensions dans mes muscles. Fleur apporta un gant et commença à frotter les couches de saletés. Le liquide devint rapidement noir.

— Comment t'es-tu retrouvée au service de Yacius ?

— Un soir, il a débarqué aux cuisines en compagnie de Cazad qui avait visiblement beaucoup trop bu. Ils cherchaient une autre bouteille de vin pour continuer leur soirée. Cazad se montra à mon égard particulièrement … entreprenant. Tu dois comprendre que c'est une chose habituelle chez lui. Il ne maîtrise pas vraiment ses pulsions et, crois-moi, ses domestiques ont la vie dure. Cependant, Yacius ne supporte pas que l'on s'en prenne aux trop jeunes filles. Le mage bleu ne choisit jamais ses partenaires en-dessous de dix-sept ou dix-huit ans. Il vit ma détresse et annonça à son ami que j'étais en fait sa servante, que je lui appartenais et que Cazad n'avait pas le droit de m'approcher. Il s'agit d'un code d'honneur entre eux : on ne touche pas aux femmes et aux domestiques des autres. Depuis cette mésaventure, je lui en suis reconnaissante et fais tout pour le satisfaire.

— Et depuis tes dix-huit ans, t'a-t-il mise dans son lit ?

— Yacius ? Jamais, malheureusement ! Je crois qu'il me voit encore comme la fillette terrorisée des cuisines ! Et pourtant, ce n'est pas l'envie qui m'en manque ! D'après ce que j'ai entendu, il serait vraiment très doué pour … enfin, vous voyez ce que je veux dire ! Maintenant, il m'a confiée à vous, et j'en suis ravie !

— Moi aussi, Fleur.

Elle rougit et changea rapidement de sujet en m'indiquant que le bain était terminé, que j'allais prendre froid. Elle m'enveloppa d'une serviette et nous nous dirigeâmes vers les vêtements de ma mère afin de trouver ce que j'allais porter au conseil. Les robes de Moïra étaient effectivement magnifiques. J'étais émue de les découvrir, de les caresser, d'imaginer ma mère les porter avec grâce. L'une d'elles attira mon attention : elle était bleu azur et brodée d'or sur le col et au niveau des hanches. Porter la couleur de Yacius devant le conseil, était-ce une bonne idée ?

J'enfilai, avec l'aide de Fleur, une tunique blanche puis le bliaud azur fluide au décolleté plongeant, à la taille cintrée et aux manches évasées. Ensuite, ma servante s'attela à coiffer mes cheveux qu'elle laissa libres et elle ceint mon crâne d'une couronne dorée. Il s'agissait d'une chaîne entourant ma tête puis descendant à l'arrière en se mêlant à ma chevelure. Enfin, elle me parfuma d'essences fruitées de rose et de jasmin. Lorsque je me tournai vers le miroir pour m'admirer, je ne me reconnus pas. Fleur semblait particulièrement satisfaite de son travail.

Lorsque Yacius vint me chercher, quelques temps après, il ne prononça aucun mot mais resta un instant à m'observer et je vis l'approbation dans ses yeux.

— Il ne manque qu'une chose …

Il sortit de sa poche un pendentif à la chaîne dorée et la passa autour de mon cou. Je sentis sur ma gorge le contact froid de la pierre verte.

— Du béalion ? Je croyais que mon père …

— Tu as tué trois apprentis Sana, et l'un d'eux était le fils de Fogan. Tu ne peux te présenter devant le conseil sans avoir rectifié ton erreur …

Je ne voyais pas où il voulait en venir mais il n'ajouta rien. Il m'indiqua de revêtir la cape noire à capuche réservée aux apprentis et je le suivis à travers le somptueux couloir. Nous empruntâmes l'escalier opposé à celui d'où nous étions montés et descendirent jusqu'au sous-sol, puis il me mena à travers un dédale de couloirs sombres et humides parsemés de toiles d'araignées avant de parvenir dans une pièce étrange. Là, se trouvaient déjà six apprentis. Ils s'inclinèrent devant le maître et me dévisagèrent avec étonnement.

Je me sentis tout de suite oppressée par la proximité des murs en pierre creusés directement dans la roche de la montagne. Mon cœur tambourinait dans ma poitrine. Des crânes humains servaient à la fois de décoration et de bougeoirs. Au centre de la salle mortuaire un pentagramme avait été dessiné au sol à la craie blanche. Au milieu de l'étoile à cinq branches trônait un coffre de cuivre rempli d'un liquide verdâtre dans lequel on devinait un corps nu.

— Aujourd'hui vous tenterez une expérience inédite pour vous : la résurrection.

J'observais la réaction des autres. Si certains semblaient effrayés, paniqués, deux d'entre eux parurent particulièrement excités.

— Votre camarade Faelak a eu en fin de matinée un … malheureux accident. Par égard pour son père, le mage Fogan, qui plaçait beaucoup d'espoir en lui, nous essayerons de le réanimer.

Il parlait avec prestance, d'une voix ferme et instructive, en bon pédagogue. J'étais fascinée et buvait chacune de ses paroles.

— Pardon, maître, puis-je vous demander qui est cette femme et ce qu'elle fait ici ?

— Ta question est légitime, Xerios. Sana est la fille de Solar. La magie coule dans ses veines depuis sa naissance et son pouvoir est puissant. Puisque vous n'êtes plus que six depuis la perte de votre compagnon, elle participera à cette tentative.

Aucun des apprentis n'osa contredire le mage, mais je sentis les regards douteux de mes camarades. Nous primes place autour du coffre. Yacius nous invita à poser les deux mains ouvertes au-dessus du liquide. La lueur verte donnait au corps un aspect fantomatique. Il était livide, quasi transparent. Un trou béait de sa gorge tranchée. Ses doigts flétris flottaient à la surface de l'eau. C'était écœurant.

— Y a-t-il une formule magique à réciter ?

— Sana, le béalion suffit à lui-même, sourit le mage, les incantations, c'est bon pour les histoires pour enfants ! Le principe de la résurrection est de communiquer son énergie vitale au défunt par l'intermédiaire de la pierre ici broyée et diluée dans l'eau. Vous vous concentrerez sur vos mains puis les plongerez dans le bain. Cette expérience risque de vous épuiser, vous vous sentirez vidés de toute force, mais vous irez mieux dans quelques heures, n'ayez crainte. Préparez-vous.

Nous obéîmes sans discuter davantage. Je remontai mes manches puis plongeai mes doigts dans le liquide gluant et glacé. Au plus profond de moi, je sentis le pouvoir de la pierre s'éveiller et grandir. Je fermai les yeux et me concentrai sur l'exercice que je tentais pour la première fois. La résurrection n'avait rien à voir avec les cérémonies de création de Lucretia. Il n'était plus question de faire apparaître un bouquet de fleurs ou un lapin, mais bien de redonner la vie que je venais de prendre.

Sous la force de nos sept énergies conjuguées, le liquide verdâtre se mit à bouillonner. Mes doigts frôlèrent le cadavre et je ressentis comme une décharge électrique. D'un seul coup, le corps se redressa et prit une grande inspiration. J'ouvris les yeux, sidérée. Faelak le mort-vivant haletait au milieu de son bain, gesticulant dans tous les sens, désorienté. Je vis mes camarades épuisés s'effondrer les uns après les autres. Toutefois, même si j'étais fatiguée, je tenais encore debout, ce qui étonna particulièrement Yacius. Je reculai tandis que le spectre m'arrosait de ses gestes désarticulés. Le mage bleu s'approcha de lui et posa ses mains protectrices sur ses épaules. Faelak se calma et sa respiration se régularisa. Sa blessure à la gorge s'était refermée et il n'en restait qu'une grossière cicatrice.

— Doit-on ressusciter les deux autres ?

Yacius me dévisagea avec stupeur.

— Sana, personne ne possède assez de puissance pour effectuer deux rituels dans la même journée ! C'est un miracle que tu tiennes encore debout ! Observe tes camarades, ils mettront plusieurs heures à s'en remettre.

— Je … je n'ai peut-être pas réussi à transmettre ma force comme eux …

— Au contraire ! Tu ne comprends pas : d'habitude, cette cérémonie dure beaucoup plus longtemps ! Même avec les six autres mages réunis, nous ne l'avons jamais effectuée aussi vite ! Tu es extraordinaire !

D'après ses dires, mon pouvoir surpassait le sien, et il me l'avouait sans aucune crainte. Il semblait autant fasciné par moi que je ne l'étais par lui.

— Je m'occupe de Faelak, déclara-t-il tandis qu'il sortait le mort-vivant de l'eau. Je te confie tes six compagnons. Essaye de ne tuer personne cette fois.

Il enveloppa l'homme nu dégoulinant du liquide gluant dans un tissu blanc. L'autre le suivait, hébété et boitillant, la bouche ouverte, la langue pendante et les yeux exorbités. Mes mains étaient poisseuses et je désirais plus que tout retourner dans le confort de mes appartements en compagnie de la douce Fleur. Toutefois Yacius m'avait donné une mission, et, pour une fois, je ressentis le désir d'obéir afin de ne pas le décevoir. Il me tardait de faire mes preuves devant les Sept et de leur montrer que même une femme était capable de maîtriser la magie, sans oublier qu'il me faudrait gagner leur confiance afin de découvrir qui était responsable des meurtres de Jezebel et Granger.

Je m'approchai du premier apprenti, le dénommé Xérios, et tentai de le secouer pour le réveiller. Il n'était pas très grand et semblait être âgé d'une trentaine d'années. Sous sa capuche je devinai des cheveux bruns ébouriffés. Son corps était étonnamment mou. Je ne vis pas d'autre moyen que de poser ma main sur son torse pour lui insuffler un peu de vie. Il ouvrit les yeux brusquement, des yeux gris clair d'une grande intensité, et se redressa.

— Que s'est-il passé ?

— Tu étais évanoui.

— Et Faelak ?

— Parti avec Yacius.

— Nous avons réussi ?

— Apparemment.

— Et toi, tu n'as pas perdu connaissance ? C'est impossible !

Je n'avais aucune envie de discuter avec lui de ce qui était possible ou pas. Pourtant, redynamisé par la force que je lui avais transmise, il n'était pas prêt d'abandonner.

— Sana ! C'est formidable ! Tu te rends compte ! Nous avons réussi du premier coup !

— Les morts devraient rester morts.

Mon ton sec le découragea et il entreprit de me seconder pour réveiller les cinq autres.

— Vas-tu rejoindre notre communauté d'apprentis ? Jusqu'alors, aucune femme n'avait été admise, mais tu sembles avoir le soutien de maître Yacius. Ta puissance est incroyable et ...

— Oublie-moi, Xérios, si tu ne veux pas te retrouver comme ton compagnon au fond d'un bain vert !

— Tu oserais t'en prendre à un apprenti ?

— Qui lui avait tranché la gorge à ton avis ?

Suivant mon regard noir, il ne douta pas une seule seconde que je lui disais la vérité et n'ajouta plus rien. Il se dirigea vers l'un des cinq autres au sol et appliqua ses paumes sur son torse. L'autre sursauta. C'était un grand gaillard aux cheveux noirs très courts. La couleur de son bracelet m'indiqua qu'il était l'un des fils de Cazad. Au lieu de remercier son sauveteur, il le repoussa d'un geste brusque et le petit brun s'étala par terre.

— Lâche-moi Nullos, j'ai pas besoin de ton aide !

— Eh ! Tu pourrais être un peu plus aimable !

Je n'étais pas moi-même la plus amicale des camarades, mais je n'aimais pas qu'on s'en prenne aux plus faibles. C'était malheureusement un trait de caractère que Jezebel et son demi-frère avaient visiblement en commun. Je redoutais de rencontrer bientôt leur père.

— Qu'est-ce qu'elle a la gamine ? Retourne aux cuisines et laisse les hommes travailler ! Ce n'est pas parce que tu es la fille de Solar qu'il faut te croire tout permis ici !

Xérios me dévisagea avec inquiétude. Je lui serais bien rentré dedans sans scrupule si je n'avais pas les dernières paroles de

Yacius en tête : « *essaye de ne tuer personne cette fois* ».

— Amène-toi Xérios, on se casse d'ici, l'air est irrespirable depuis que ce con a ouvert la bouche.

— C'est ça, Xérios, obéis à la dame et cache-toi dans ses jupons, mauviette !

Cette fois, c'en était trop. Tant pis pour le mage bleu, ce gars méritait une punition. Le béalion autour de mon cou brilla et illumina la pièce sombre. Je tendis les doigts en arc de cercle vers lui et les resserrai avec rage. Sans même le toucher, je parvins à l'étrangler et il suffoqua. Les mains autour de sa gorge, il cherchait à se défaire d'une présence invisible. Ma force le souleva de terre et il flotta bientôt à un bon mètre au-dessus du sol. Ses jambes se débattaient dans le vide à la recherche d'un appui désespéré.

— Sana ! Lâche-le !

Je sursautai au son de la voix ferme et irritée de Yacius. Je relâchai ma prise qui s'écroula à terre en toussant. Honteuse, je n'osai même pas me tourner vers le mage.

— Maître Yacius, ce n'est pas sa faute, elle a simplement pris ma défense …

— As-tu à ce point besoin de l'aide de quelqu'un Xérios ? Il est grand temps d'apprendre à te défendre toi-même ! Sana, suis-moi, le conseil t'attend.

CHAPITRE 5 : LE CONSEIL

Yacius, silencieux et visiblement fâché, me précédait à travers les couloirs peu éclairés. Sa capuche était rabattue sur ses épaules et j'observai la finesse de ses cheveux blonds le long de son dos musclé. Je sentais une tension palpable s'installer entre nous et la regrettais. Pourquoi ne pouvais-je pas mieux contrôler mes sentiments ? L'attirance soudaine que j'éprouvais pour le père de Sybil me déstabilisait. Mon désir devenait incontrôlable et me rendait faible. Je devais à tout prix me reprendre.

— Ma robe a été éclaboussée par le béalion et mes mains sont gluantes. J'ai besoin de me changer avant de me présenter devant les mages.

Ma requête était légitime et je l'avais formulée non comme une question mais comme une affirmation. Il s'arrêta, soupira, et répondit sans même se retourner. Mon cœur se serra à l'idée que je l'avais déçu.

— Très bien, mais dépêche-toi. Je serai dans la grande salle.

À mon grand soulagement, Fleur m'attendait dans mes appartements. Elle avait aéré la pièce, nettoyé, épousseté, et une délicieuse odeur de citron-orangé se diffusait dans l'air. Quand elle aperçut l'état de ma robe, elle s'agita soudain tout en ayant la délicatesse de ne pas s'enquérir de l'endroit d'où je venais. Je me sentais soudain vidée de toute énergie, certainement le contre-coup de la séance de résurrection. Je lui laissai la liberté de choisir elle-même un magnifique bliaud rouge aux manches évasées et à la taille serrée, dont l'ouverture dentelée à l'arrière laissait entrevoir sensuellement mon dos nu. Elle releva négligemment mes cheveux dans un chignon grossier et agrémenta ma coiffure de quelques fleurs blanches. Je rinçai mes mains à l'eau claire tandis que Fleur me préparait une tasse infusée au thé vert et au miel.

— Tenez, vous avez besoin de reprendre des forces.

J'avalai pour lui faire plaisir quelques gorgées. Elles eurent effectivement un effet réconfortant et je partis rapidement en direction de la grande salle où m'attendaient les mages. La pièce avait été nettoyée et on ne voyait plus aucune trace de sang. Au plafond, un dôme de verre central illuminait l'ensemble. À l'extérieur, le soleil se couchait dans des teintes jaune-orangé. C'était certainement la plus belle pièce du Temple que j'avais aperçue aujourd'hui. Les Sept étaient installés sur de confortables fauteuils tout autour de l'estrade centrale. Ils étaient vêtus de leur cape noire. Seul un liseré de couleur sur leur manche permettait de les différencier sous leur capuche. Je reconnus sans mal mon père, Solar. À sa droite, Cazad en jaune, puis venaient dans cet ordre Kaxas en argenté, Sigrim en rouge, Fogan en orange, Yacius en bleu et Demien en vert.

— Entre, Sana, et place toi au centre, ordonna mon père.

Impressionnée, je m'exécutai sans discuter. Je cherchai des yeux le regard réconfortant de Yacius, mais le haut de son vêtement me le cachait.

— Solar, pourquoi ta fille porte-t-elle le béalion ? s'enquit Cazad, offusqué.

— C'est moi qui lui ai donné, affirma le mage bleu.

— Enfin, Yacius, as-tu perdu la tête ?

Le père de Sybil se leva doucement sans pour autant me regarder. Il ne s'adressait d'ailleurs qu'à mon père.

— Solar, ta fille a fait preuve d'aptitudes extraordinaires. Ce matin, elle a repoussé mon attaque sans difficulté. Et je l'ai observée tout à l'heure ressusciter un apprenti en quelques minutes sans perdre connaissance.

— Un homme qu'elle avait assassiné auparavant …

— Certes, Sana contrôle mal ses émotions, mais je suis persuadé que sa puissance serait pour nous un atout précieux. C'est pourquoi je te demande, Solar, de l'accepter parmi nos apprentis.

Un murmure de désapprobation parcourut le rang des mages.

— Silence ! ordonna mon père, et il fut aussitôt obéi. Je suis prêt à entendre chacun de vos arguments, mais pas tous en même temps ! Cazad ?

— Que se passera-t-il si nous acceptons une femme dans nos rangs ? Toutes nos filles viendront pleurnicher pour qu'on les prenne également, et ce sera la débandade !

— Kaxas ?

— Si, comme le pense Yacius, Sana possède un grand pouvoir mal maîtrisé, il n'est pas prudent de la laisser se balader tranquillement dans les rues de Kadhrass. Une formation d'apprentis permettrait de mieux la … contrôler.

— Un grand pouvoir ? coupa Sigrim, laisse-moi rire ! Yacius est juste un peu rouillé, il cherche des excuses pour s'être laissé distraire par une femme ! Enfin Solar, ne vois-tu pas qu'il désire juste mettre ta fille dans son lit ? Très bon choix, d'ailleurs, Yacius, mais pourquoi serais-tu le seul à en profiter ?

— Tu oublies ce qu'elle a accompli lors du rite de résurrection ? renchérit le mage d'argent.

— Balivernes ! rétorqua Cazad. L'un de mes fils était présent lors de cette cérémonie, il est bien plus puissant qu'elle, c'est lui qui a tout fait !

Ils parlaient tous comme si je n'étais pas là, ce qui me mettait hors de moi. Pourtant, j'étais mal placée pour tenter quoi que ce soit contre les Sept mages les plus puissants. Je perçus alors l'irritation de Yacius. En dehors du père de Rosa, personne ne l'écoutait et, pire, Cazad et Sigrim se moquaient ouvertement de lui. Sans que les autres ne s'en rendent compte, il avait commencé à amasser de l'énergie au creux de ses mains. Qui comptait-il attaquer en premier ? Cazad ? J'étais prête à lui apporter mon aide, lorsqu'il leva la tête vers moi.

Je compris à la dernière seconde ce qu'il projetait de faire. Au lieu de s'en prendre à ses camarades, la boule d'énergie déferla sur moi. Elle était bien plus puissante que celle de ce matin. Il me mettait à l'épreuve devant les autres. Je croisais les bras sur ma poitrine et encaissait sans broncher. D'un mouvement circulaire, je balayais la force sur l'assemblée. Surpris, les mages se retrouvèrent projetés en arrière, sauf Yacius que j'avais volontairement épargné.

Solar, pourtant, avait anticipé la riposte et plaça sa paume devant lui pour barrer la route à ma puissance. Par fierté, je n'abaissais pas la mienne et nos énergies prirent soudain une teinte bleue-verte. Elles se rencontrèrent à mi-chemin dans un grand éclat de lumière.

— Sana ! Arrête ! m'implora Yacius.

Mais c'était trop tard, je ne l'entendais plus. Toute la haine que j'avais accumulé durant mon enfance contre mon géniteur, celui qui m'avait donné la vie dans cette cité maudite, toutes les fois où, crevant de faim, j'avais dû me battre, voler, piller, chasser, alors qu'il se prélassait dans le luxe, toute cette colère ressortit. La lumière entre nous s'intensifiait tant que les autres mages en restèrent figés. Solar n'avait pas non plus l'intention d'abandonner le combat et je n'avais aucune idée de l'étendue de son pouvoir. Jusqu'à quand pourrais-je tenir ainsi ?

Dans un dernier effort, je donnais tout ce que j'avais mais, au lieu de prendre le dessus, mon pouvoir rencontra celui de mon père et une puissante explosion retentit soudain. Je me retrouvai projetée en arrière et me cognai la tête contre l'un des piliers. Je m'évanouis.

La seule chose dont je me souvins de cet état catatonique fut le parfum boisé de Yacius dans son cou tandis qu'il me portait de ses bras musclés jusqu'à ma chambre.

À mon réveil, j'étais dans mon lit, Fleur allongée près de moi. Tous mes muscles étaient engourdis et le sang tambourinait dans mes tempes. Je tâtai ma poitrine et constatai que l'on m'avait repris la pierre verte. Mon mouvement pour m'asseoir réveilla la jeune servante.

— Sana ? Vous êtes enfin réveillée ? Comment allez-vous ?

Je vis à son ton et son regard qu'elle s'était réellement inquiétée pour moi.

— Tout va bien, Fleur, ne panique pas.

— Maître Yacius a eu vraiment peur aussi, vous savez. Il est venu quasiment toutes les heures cette nuit pour vérifier votre état …

Cette remarque réchauffa mon ego meurtri. J'avais cru être la plus forte, et, pour la première fois, j'avais rencontré plus puissant que moi. Savoir que le mage bleu avait ressenti au moins de la compassion pour moi suffisait à reprendre espoir.

— Que va-t-il se passer maintenant Sana ?

Je n'en avais malheureusement aucune idée. Je m'observai dans le miroir, j'avais vraiment mauvaise mine. Je retirai les liens de mon chignon pour laisser mes cheveux libres et les arrangeais rapidement avec mes doigts.

— Quelle heure est-il ? Ai-je dormi longtemps ?

— Il est près de trois heures de l'après-midi. Vous avez dormi près de vingt heures d'affilée.

Vingt heures ? J'avais déjà perdu trop de temps. J'étais totalement coupée du monde extérieur et n'avais aucune idée de ce qui se passait chez Lucretia. Comment allait Sybil ? J'avais besoin de retrouver Yacius, peut-être que lui accepterait de m'écouter. Je me précipitai dans le couloir et découvris l'apprenti

Xérios devant ma porte.

— Qu'est-ce que tu fabriques ici ? C'est l'étage réservé aux maîtres.

— Je ... je venais prendre de tes nouvelles ...

— Ça va.

Je n'avais pas l'habitude que l'on s'inquiète pour moi, et, d'un coup, tout le monde faisait preuve de sollicitude.

— Mon père ?

— Solar est resté enfermé seul toute la nuit. Personne ne sait vraiment dans quel état d'esprit il est.

— Et Yacius ?

— Les mages sont réunis au conseil ... je pense qu'ils discutent de... enfin ... de toi.

Je n'allais pas les laisser décider du reste de ma vie sans moi. Je me précipitai à l'étage inférieur, Xérios sur mes traces m'implorant de renoncer. Parvenus derrière la porte de la grande salle, nous entendîmes des éclats de voix. Visiblement, on se disputait à mon sujet.

— Si on nous surprend en train d'écouter aux portes ...

— Chut ! Si tu as la trouille Xérios, va-t-en !

Il resta cependant, l'oreille collée contre le bois. La querelle provenait apparemment d'un désaccord entre Sigrim et Kaxas.

— ... un vrai danger ! Il faut nous débarrasser d'elle au plus vite !

— On ne peut pas la renvoyer à Kadhrass, elle est incontrôlable !

— Qui parle de la renvoyer à Kadhrass ?

— Tu as l'intention de tuer la fille de Solar ?

— Elle a bien tranché la gorge de mon fils Faelak !

— Et après elle lui a rendu la vie, ne l'oublie pas !

— Silence !

Je reconnus aussitôt la voix de Yacius parmi les autres. Mon cœur se mit à battre plus vite. De quel côté se rangerait-il ?

— Personne ne touchera à Sana !

— Et depuis quand, Yacius, es-tu le chef ici ? Seul Solar a droit de vie et de mort !

— Alors je décrète que Sana est ma favorite, et, d'après notre code d'honneur, personne ici, même Solar, ne s'approchera d'elle.

Sa remarque provoqua un silence parmi l'assemblée. Face à moi, Xérios me dévisagea avec intérêt, guettant ma réaction. J'étais totalement déstabilisée.

— Eh bien, Yacius, il faudrait te décider, résonna soudain la voix grave de mon père. Elle ne pourra pas être à la fois ta favorite ET ton apprentie. Il ne serait pas judicieux de mêler les sentiments à la formation et au contrôle d'elle-même qu'on lui demande ...

— Solar ! Tu ne peux pas accepter la présence de cette folle ici !

— Cette folle ? Sais-tu que tu parles de la fille de Moïra, Sigrim ? Elle est la seule chose qui me reste de sa mère !

— Elle a essayé de te détruire !

— Non, elle s'est défendue contre une attaque ! Kaxas a raison, une telle puissance doit être maîtrisée, ensuite elle sera pour nous un précieux atout.

— Tu es aussi fou qu'elle !

— Et alors ? C'est ma fille après tout ... Ne te souviens-tu pas de ta jeunesse ? Des risques que nous prenions à son âge, quand nous sommes arrivés ici ? J'accède à la requête de Yacius, Sana sera formée avec les apprentis et nous lui apprendrons à dominer ce pouvoir.

— Eh bien, ce sera sans moi !

Vraisemblablement, Sigrim s'était levé de son fauteuil et se dirigea vers la porte où, l'ouvrant à la hâte, il nous surprit.

— Tiens donc ! Et en plus elle écoute aux portes !

Il nous bouscula sans ménagement.

— Entre Sana, déclara solennellement mon père. Xérios, disparais.

— Oui maître, bien sûr maître, se confondit-il en excuse

pendant qu'il refermait derrière moi.

— Sana, tu as sûrement tout entendu, je ne te ferais donc pas l'affront de répéter. J'ai maintenant besoin de connaître ta position : es-tu prête à nous obéir et à apprendre à maîtriser ton pouvoir ? La formation d'un apprenti ne peut se faire sans son consentement. Et puis, tu dois nous assurer que, une fois instruite, tu ne te retourneras pas contre nous ... L'apprenti prête allégeance à ses maîtres pour la vie.

— Quand je suis arrivée ici hier, je n'avais pas l'intention de devenir apprentie. En ce moment même, à Kadhrass, quatre de mes sœurs attendent avec impatience mon retour et surtout, des réponses. Un esprit malfaisant a vraisemblablement entrepris de nous éliminer. Je dois avant tout identifier ce danger, et mettre mes amies à l'abri.

— J'ai réfléchi cette nuit à cette histoire de meurtres. Je consens à t'aider à le résoudre, pour ton bien et surtout celui de Kadhrass. Nous ne pouvons laisser un puissant meurtrier en liberté. Mais pour cela, il est fondamental de tout nous révéler sur vos agissements, en particulier ton aptitude exceptionnelle à contrôler le béalion.

J'étais à un moment critique de la conversation : soit je doutais encore de leurs motivations et leur cachais volontairement l'existence de la grotte, ou bien je choisissais de leur faire confiance et de tout leur avouer, au risque de mettre Sybil et les autres en danger. Je croisai le regard bleu pénétrant de Yacius et mon pouls s'accéléra. Il avait tellement pris de risque pour moi depuis hier que je n'étais plus en droit de le trahir.

— Lucretia, chez qui je vis, a rassemblé en coven une fille de chacun d'entre vous après avoir découvert un gisement de béalion. Son idée était d'apprendre à le maîtriser afin de créer la vie et, par conséquent, ne plus avoir besoin de vous pour subsister.

J'observais la réaction des mages. Ils paraissaient réellement surpris par cette révélation.

— Y est-elle parvenue ?

— Elle, non. Je suis la seule des sept à avoir engendré.

— Des plantes ?

— Oui, et aussi un lapin, une fois.

— Où se trouve ce gisement ?

— Dans une grotte, dans la forêt.

— Qui d'autre connaît son existence ?

— Personne.

— Tu es donc la seule à Kadhrass capable d'utiliser le pouvoir du béalion ? Et pourtant, deux de tes amies ont été assassinées dans des circonstances ... particulières. Ce pourrait-il que quelqu'un vous ait suivi ? Ou que l'une de tes sœurs t'ait caché ses pouvoirs ?

— Si c'était le cas, pourquoi s'en prendre à nous ?

— Sana, le béalion possède un énorme potentiel, qui peut créer la vie, mais aussi la détruire. En jouant aux apprentis sorcières, ce pouvoir vous a manifestement dépassées.

Les mots de Smut le boulanger me revinrent en mémoire : *« la magie finit toujours par se retourner contre celles qui l'invoquent ».*

— Qu'est-ce que je peux faire alors ?

— Maîtriser l'énergie de la pierre, pour mieux la dominer.

Une pensée horrible naquit dans mon esprit et je refusais d'y croire.

— Vous pensez que je suis responsable de ces meurtres ?

— Involontairement, oui. Rester éloignée de tes sœurs est pour le moment le meilleur moyen de les protéger.

À contrecœur, j'acquiesçai et mon père mit fin au conseil.

CHAPITRE 6 : IVY

À la sortie de la grande salle de création, je me sentais un peu perdue. J'errais alors sans but dans des recoins du Temple où je n'étais pas encore allée. Mes pas me conduisirent vers le couloir menant aux cuisines. Des bruits de casseroles, mêlés aux voix des cuisinières, de couteaux sur des planches, de crépitement du feu, de cuillères que l'on touille dans des marmites, me parvinrent aux oreilles en même temps que les odeurs de graillon. Fleur m'avait mise en garde contre le mauvais caractère des bonnes et je préférais passer mon chemin.

La pièce attenante était visiblement la salle à manger. Des grandes tables d'un bois quelconque longées de bancs parcouraient l'espace en six lignes dans le sens de la longueur. Au fond, sur une estrade, une autre magnifiquement sculptée dans un bois précieux surplombait l'ensemble. C'était certainement le coin de restauration des Sept. Deux hommes d'un âge avancé partageaient un repas en silence. A leur tenue, je devinais qu'ils étaient des gardes et prenaient des forces pour leur prochain tour.

— Tu cherches quelque chose, Sana ?

Je sursautai. Je reconnus la douce voix de Yacius. M'avait-il suivi depuis la salle de création ou notre rencontre était-elle fortuite ?

— Euh, non, non … bafouillai-je, je visitais simplement.

— Faelak n'est pas encore tout à fait remis de sa résurrection, reprit-il sans transition, les apprentis ont besoin d'une septième personne pour accomplir leur rituel. Ce sera l'occasion pour toi de commencer à t'entraîner.

Je buvais ses paroles avec fascination. J'étais tellement curieuse et exaltée d'apprendre toutes les possibilités du béalion. Il m'entraîna une fois encore vers le sous-sol labyrinthique. Sans sa présence, je pense que je m'y serais égarée. Au détour d'un couloir sombre, il s'arrêta soudain, sortit de sa poche le pendentif doré orné de la pierre verte et le passa délicatement autour de mon cou en caressant mes cheveux.

— Pas d'excès cette fois Sana, je compte sur toi.

Mon visage était si près du sien que je respirais son odeur et sentais son souffle chaud.

— Merci d'avoir proposé que je devienne votre favorite pour me sauver …

Il recula, soudain gêné.

— Y a-t-il un homme qui t'attend à l'extérieur ?

— Un homme ? Jamais de la vie !

— Une femme alors ?

Je ne savais que lui répondre. Il est vrai qu'il y a deux jours, Sybil était ma seule préoccupation, et la seule à posséder mon cœur. À présent, j'avais l'impression que mon amour pour elle n'était que le pâle reflet du désir que j'éprouvais pour son père.

— Tu te livres à des relations contre-nature ?

— « Contre-nature » est une expression bien exagérée dans la bouche d'un homme qui défie la mort depuis trois cents ans et ressuscite des cadavres …

— Ainsi donc, aucun homme ne trouve grâce à tes yeux ? sourit-il en réponse à ma remarque sarcastique.

Jusqu'alors, j'avais toujours repoussé les hommes. Ils me dégoûtaient. Mais cette fois, la tentation devenait trop forte, et je n'arrivais pas à me l'expliquer. Depuis l'enfance, j'avais toujours haï les Mages, ils représentaient tout ce que je détestais : l'égoïsme, le pouvoir, la mort. Mais lui, il ressemblait tellement à Sybil ...

Je m'approchai brusquement de lui et posai mes lèvres sur les siennes. Il ne refusa pas mon baiser, au contraire. Ses lèvres étaient d'une douceur incroyable et je les sentis s'entrouvrir affectueusement. Sa langue caressa la mienne avec une tendresse à laquelle je n'avais jamais encore goûtée. Le temps s'était arrêté dans ce couloir sombre illuminé à présent par la puissance du béalion étincelant autour de mon cou. Yacius posa ensuite son front sur le mien et ses deux mains chaleureuses sur mes joues en caressant ma peau du bout de ses pouces.

— Sana, tu es une femme magnifique, et tellement forte. Mais ton père a raison : je ne peux être à la fois ton instructeur et ton amant, je ne peux exiger d'un côté de contrôler tes émotions et de l'autre en être la source. Il est plus raisonnable pour toi, le Temple, Kadhrass, de partager mon expérience plutôt que ma couche.

J'eus soudain l'impression que le sol allait se dérober sous mes pieds. Sa phrase résonna dans tout mon corps et je sentis une intense tristesse s'emparer de moi. Je ne pouvais m'écrouler devant lui et, pourtant, des larmes embuèrent ma vue. Je détournai vite le regard, feignant un désintérêt total alors que je vivais une intense déception. L'amour n'était pas pour moi, l'amour n'existait pas à Kadhrass. Il n'ajouta rien et s'engouffra dans la pièce où l'attendaient déjà les six autres.

Je reconnus bien vite les compagnons de la salle de résurrection. En me voyant entrer, le fils de Cazad eut un mouvement de recul. Je m'installai à côté de Xérios, visiblement ravi de ma présence. L'endroit était sale et humide. Des gouttelettes s'échappaient du plafond et formaient au sol une flaque d'eau boueuse. Une odeur animale me monta au nez.

— Placez-vous en cercle.

La voix de Yacius était éteinte, et je baissai les yeux sur le sol terreux afin de ne pas croiser son regard.

— Pour cette fin d'après-midi, je vous mets au défi de réaliser votre propre repas pour ce soir. J'attends de vous la capacité à créer un animal pour le manger ensuite : une poule vous pondra des œufs, une vache vous offrira son lait, un lièvre de la viande. Cette création sera ensuite la vôtre, vous pourrez la garder pour vous, ou l'installer dans la basse-cour du Temple. Chacun sera responsable de son animal. Choisissez judicieusement, et concentrez-vous.

Pour ma part, j'étais trop déçue pour être affamée, et aucun plat ne me venait à l'esprit.

— Placez les deux mains en avant et imaginez la bête devant vous. L'énergie de création doit provenir du plus profond de votre être.

Les seules images qui m'assaillaient étaient les beaux yeux bleus de mon maître, la douceur de ses lèvres, son parfum boisé et sa voix envoûtante. J'avais seulement faim de lui. Bientôt, face à moi, le fils de Cazad engendra un lièvre d'une taille imposante, dont il se félicita lui-même. Son voisin fut entouré juste après de trois poissons frétillant. Je vis apparaître ensuite une chèvre, un porcelet, une autre lapin plus petit et pour finir, Xérios créa une poule. Tous les regards étaient à présent tournés vers moi. Je percevais déjà le sourire narquois du fils de Cazad.

— Sana, prononça doucement Yacius, le pouvoir du béalion ne naît pas de la colère, il doit venir de ton cœur.

Je fermai les yeux, ouvris mon cœur, et me laissai submerger par l'amour. Mais c'était un sentiment triste, amer et frustré. La pierre autour de mon cou brilla d'une intensité plus forte et mes mains se réchauffèrent. Une énergie s'en dégagea et me vida provisoirement de ma force. Je soulevai mes paupières et sursautai de frayeur. Devant moi, une louve au pelage très clair et aux yeux bleus me fixait. Les autres apprentis se figèrent.

— Bien joué, Sana, plaisanta le fils de Cazad, pas facile à digérer le loup cependant !

La louve ne bougeait pas d'un poil. Elle attendait visiblement quelque chose, peut-être une injonction de ma part. Doucement, je tendis ma main vers elle et posai ma paume sur son museau. Elle ne cilla pas. Sa peau était douce. Un léger parfum de lavande s'échappait d'elle.

— Bonjour Ivy.

C'était le premier nom qui m'était passé par la tête.

— Oh, c'est trop mignon …

Je levai simplement les yeux dans la direction de l'apprenti moqueur.

— Ivy, attrape.

J'avais à peine murmurer l'ordre mais la louve comprit immédiatement ce que j'attendais d'elle. Elle bondit vers le fils de Cazad et le renversa avec ses deux pattes avant. Tout autour, ce fut la débandade : la poule de Xérios s'envola en caquetant se percher sur une poutre, le porcelet fonça dans un mur, le lapin détala, la chèvre répandit ses excréments sur le sol et les poissons rendirent leur dernier souffle. Les apprentis ne savaient comment réagir. Seul Yacius resta immobile. Il était tranquillement adossé contre le mur, les bras croisés, confiant. Ivy chopa le puissant lièvre dans sa gueule et, d'un seul coup de mâchoire, lui rompit le cou. Comme un animal dressé, elle m'apporta sa prise et la déposa à mes pieds.

— Maître Yacius ! s'énerva l'apprenti ainsi dépouillé de son bien.

— Chacun était garant de son animal, Cratik, tu as perdu le tien, tant pis pour toi. « *Vie et mort* », telle est notre devise. À présent, direction les cuisines, et bon appétit.

Cratik, irrité, tenta de reprendre son lièvre mais la mâchoire d'Ivy grognant l'en découragea. Il fila donc sans demander son reste. Avant de sortir, j'aperçus Xérios découragé essayant en vain d'attraper sa poule. D'un geste précis, je tendais la main vers elle et la ramenai à son propriétaire. Mon camarade me remercia chaleureusement.

Tandis que Xérios négociait habilement avec l'une des cuisinières, j'avais pris place à une table au fond de la salle bruyante. D'autres apprentis nous avaient rejoint et beaucoup s'étaient attablés près de Cratik. Bientôt, je fus le point de convergence de tous les regards. Une femme ? Ici ? Apprentie ? Maîtresse du béalion ? Protégée de Yacius ? Fille de Solar ? Trancheuse de gorge et planteuse de couteau ? Voleuse de lapin ? Avec une louve ? Seul le pauvre Xérios accepta de s'asseoir à côté de moi. Il apportait deux assiettes d'œufs brouillés, de lard et de pain beurré.

— Tu ne devrais pas t'installer près de moi.

— Pourquoi ? Tu as l'intention de me tuer ?

— Non, idiot, tout l'monde nous regarde !

— Oh ! Ce sont tous des imbéciles ! S'il m'arrivait quelque chose, je préférerais t'avoir toi de mon côté que ces guignols.

— Dis donc, t'es bien vu de la cuisinière !

— C'est ma mère … Je n'ai aucun mérite !

— Et ton père ? C'est un mage ?

— Un vétéran, un ancien apprenti quoi, il travaille maintenant aux abattoirs. Aller, mange, te fais pas prier, c'est une omelette de ma propre création !

J'avais laissé le lapin à Ivy qui se régalait à mes pieds. L'odeur appétissante du lard grillé me monta au nez et je dévorai mon dîner avec appétit. J'observai le petit brun face à moi, il avait retiré sa capuche et ses cheveux étaient tout ébouriffés. Il avait de beaux yeux gris rieurs.

— Alors, avec Yacius ...

— Y'a rien entre Yacius et moi !

— Il a pourtant proposé au conseil de te choisir comme favorite ... et puis, j'ai bien vu sa façon de te regarder ... Non pas que je sois jaloux, mais bon, je le comprends, tu es une belle femme Sana ...

— Laisse tomber Xérios !

— En tout cas, si un jour tu t'ennuies, tu ...

— Je ne suis pas intéressée, d'accord ? Restons bons camarades, ça vaudra mieux pour toi !

Agacée, je me levai et ma louve me suivit sans broncher. Les hommes étaient décidément tous les mêmes. Je regagnai ma chambre et invitai Fleur à prendre un repos bien mérité. Ivy se coucha près de l'âtre et je défis enfin mes chaussures lorsqu'on frappa à ma porte. Fleur avait-elle oublié quelque chose ? La porte s'ouvrit et mon mage préféré apparut. Il avait retiré sa cape de sorcier et portait simplement une tunique blanche ouverte sur son torse et des braies marron rehaussés de bottes noires. Je contemplais pour la première fois ses muscles saillants et sa carrure large et en restait bouche bée. Aucun homme de Kadhrass n'avait autant de charme et de prestance que lui.

— Je peux entrer ?

Je doutais être en mesure de lui refuser ma chambre et m'écartai de l'ouverture pour le laisser passer. Ivy leva légèrement la tête, puis, voyant de qui il s'agissait, se rendormit sans crainte.

— Alors, comment ça se passe avec ta louve ?

— Venons-en au fait, Yacius, s'il te plaît.

— J'ai réfléchi, Sana, tu ne peux pas être mon apprentie.

— Je me doutais que tu ne voudrais plus de moi … Je ne t'en tiens pas rigueur, je vais simplement rentrer chez moi, ce sera plus simple pour tout le monde …

— Non, Sana, tu n'as pas compris, je ne te prends pas comme apprentie car je souhaite être libre de te désirer sans contrainte. Je te veux comme favorite. Je te veux près de moi ce soir, et tous les autres soirs. Ta magie a été bâtie sur la colère, la violence, la vengeance et le ressentiment. Je te montrerai qu'elle peut naître aussi de l'amour, comme quand tu as créé tout à l'heure une louve à mon image. Ne dis pas le contraire, elle a le pelage blanc et les yeux bleus …

— C'est l'amour qui te maintient en vie depuis trois cents ans peut-être ?

— Non, c'est l'espoir de rencontrer un jour une fille comme toi.

— Yacius, je n'ai rien d'exceptionnel. Je suis une voleuse et une tueuse asociale.

— Pourquoi crois-tu que nous nous sommes retrouvés tous les sept ici ? Je ne suis pas non plus très fier de mes erreurs de jeunesse. Mais ton pouvoir, et surtout ta manière de t'en servir, sont fascinants. Sana, ne m'oblige pas à te supplier.

Non, bien sûr qu'il n'avait pas besoin de me supplier, puisque j'en mourrais d'envie également. Cependant, ce n'était pas pour ça que j'étais venue au Temple. J'avais une mission : trouver le meurtrier de Jez et Granger, et protéger Sybil. Visiblement, Yacius n'y était pour rien, et mon père non plus. Mais que penser des autres mages ? Et puis, coucher avec un homme allait bien à l'encontre de toutes mes convictions. Quel plaisir en dégagerais-je ?

— Tu as raison, Yacius, tu ne peux pas être à la fois mon amant et mon maître, et je désire terminer ma formation pour apprendre à contrôler ma magie afin de la mettre au service de mon coven. Donc, à moins que tu n'aies l'intention de me prendre de force ce soir, je te souhaite une bonne nuit, et te dis à demain.

CHAPITRE 7 : FORMATIONS ET INVESTIGATIONS

La veille, Yacius avait quitté ma chambre sans rien dire, désabusé. Une femme l'avait-elle déjà repoussé auparavant ? J'avais d'abord craint qu'il ne s'emporte et ne se laisse aller à ses pulsions, comme tant d'autres l'auraient fait à sa place, mais il était resté digne, et s'était simplement éloigné. C'est avec une certaine appréhension que je partais rejoindre mes compagnons. Notre maître nous avait donné rendez-vous dans l'arrière-cour, près des potagers. Ivy trottait à mes basques, la langue pendante et les crocs acérés. En passant devant la salle des réserves, j'avais croisé des livreurs de Kadhrass et mon appréhension m'avait poussé à les interroger.

— Toi ! Dis-moi, tu livres dans quel coin ?

— Eh ! Matez-moi un peu ça les gars ! Les mages forment les donzelles à présent ! Plutôt bien roulée en plus !

L'agacement me prit aussitôt mais je tâchai de me maîtriser : je m'étais déjà assez faite remarquer comme cela et il n'était pas question d'être renvoyée du Temple avant d'en savoir plus sur les autres mages. Je feignis d'ignorer sa remarque misogyne.

— Effectivement, je suis l'apprentie de maître Yacius, ce qui signifie, comme tu peux le constater à mon collier, que je maîtrise la magie et le béalion. Ça te tente d'essayer ?

— Bon, pas la peine de t'énerver, poulette, qu'est-ce que tu veux savoir ?

—Tu livres tes provisions dans quel coin ?

— Sur la corniche.

— Près de chez Oltar ?

— Ça s'pourrait …

— Tu vas dans le quartier est ?

— Ce coin puant ? Jamais !

— Si j'te demandais d'aller vérifier un truc pour moi, tu irais ?

— Contre quoi ?

— Solar est mon père, demande ce que tu veux.

—Ah ! C'est toi la rouquine de Solar dont tout le monde parle !

Décidément, ce surnom et ma réputation me suivraient partout.

— Il me faut des nouvelles des filles de mon coven.

— Chez Lucretia ? D'après ce que j'ai entendu, deux sorcières se sont faites zigouiller. C'est pas toi qui les aurais tuées des fois ?

— C'est c'qu'on raconte ? Est-ce que t'as entendu parler d'autres morts ?

— Pas qu'je sache ... mais, si tu veux, je me renseignerai auprès du vieux Oltar, lui, il sait toujours tout. Et si c'est pour toi, beauté, j'le f'rai juste en échange d'un p'tit baiser !

— Dans tes rêves !

— Alors ça va te coûter cher !

— Un poulet pour partager avec tes copains, ça t'irait ?

— Faut voir la taille de la bête ...

Ce gars m'insupportait, mais j'avais besoin de lui. Je décidai donc d'accéder à sa requête et concentrai mon énergie entre les mains. Se méprenant sur mon intention, il recula de peur que je ne l'attaque et se réfugia derrière son chariot. Lorsqu'il vit apparaître une énorme volaille sur le sol, il se ravisa.

— Alors ça, ma belle, ça vaut un paquet d'informations ! Je s'rais là demain à la même heure. Ravi de faire des affaires avec toi !

J'avais perdu suffisamment de temps avec cet imbécile et me hâtai de rejoindre les autres. Je n'avais pas encore mis les pieds dans le jardin potager mais sa simple vue me subjugua. C'était un grand terrain rectangulaire entouré de murets noirs. Le sol était recouvert de neige ; pourtant, chacun de dix carrés de cultures, séparés en deux colonnes parfaitement symétriques, étaient couvertes d'un abri transparent d'une matière qui m'était jusqu'alors inconnue, ce qui leur permettait de les protéger du froid et du gel. À l'intérieur, je contemplais les plantes, les légumes et les herbes aromatiques s'épanouirent comme en plein été. J'enrageai de constater que la beauté de la magie de Kadhrass n'était réservé qu'à un groupe de mages privilégiés alors qu'elle pourrait être bénéfique à tous les habitants. Combien de fois n'avais-je pas mangé à ma faim ?

Une vingtaine d'apprentis encapuchonnés et chaudement vêtus pour affronter le froid hivernal travaillait d'arrache-pied à l'entretien des cultures. Près d'un parterre de courges, mes camarades étaient tous là, ainsi que Yacius, qui s'irrita de mon retard :

— Sana, merci d'avoir daigné te joindre à nous. Nous pouvons peut-être commencer maintenant.

Son ton était sec et déplaisant. Manifestement, il n'avait pas apprécié que je le repousse la nuit précédente. Xérios me lança un regard interrogateur mais je détournai les yeux. Cratik pouffa de rire et j'eus bien envie de l'étrangler.

— Voici l'une des parties les plus importantes de notre travail : comme vous le savez, les sols de Kadhrass ne recèlent que la mort. Sur ces terres infertiles, seule la magie alliée au béalion peut engendrer la vie. Nous autres, mages et apprentis, avons le devoir de pourvoir aux besoins du peuple non-initié. C'est pourquoi ...

— ... il faudrait initier plus de monde !

Les six autres me dévisagèrent, incrédules, car j'avais osé couper la parole à l'un des Sept. Yacius devint rouge de colère et je sentis qu'il essayait de se contenir.

— Tu n'as pas la parole, Sana ! Reste à ta place et apprends !

— Si les femmes de Kadhrass avaient l'autorisation d'utiliser leur magie comme les hommes, vous auriez moins de travail, et moins de Kadhrassi mourraient de faim dans les rues de votre merveilleuse cité où vous ne vous rendez jamais, protégés dans votre tour d'ivoire. !

— Ça suffit ! Tu quittes ce groupe immédiatement ! Tu te rendras chez le mage Solar qui fera ce qu'il veut de toi, mais tu n'es plus mon apprentie !

Je ne saurais décrire ce que je ressentis à cet instant. D'un côté, je triomphais d'avoir osé remettre en question la domination des Sept et leur implacable logique. Alors, d'où me venait ce sentiment amer ? Je plongeai mes yeux dans ceux de Yacius, toutefois, au lieu d'y voir de la colère, j'y lus de la tristesse. Il avait échoué. Il avait tenté de me faire rentrer dans le rang, de me former, de me faire confiance, de me séduire même. Cependant, ma désobéissance n'avait fait que s'aggraver. Et cette défaite ne m'apportait aucune satisfaction. Un autre jour, dans une autre cité, à une autre époque, il m'aurait peut-être plu, et peut-être, oui, peut-être nous aurions été amants. Mais à Kadhrass, l'amour n'existe pas, seule la haine te permet de survivre.

J'errai comme une âme en peine en direction du bureau de mon père. Ivy renifla ma main et me lécha les doigts en guise de réconfort. Solar avait l'air particulièrement occupé à trier de vieux parchemins.

— Qu'y a-t-il encore, Sana ?
— Yacius ne veut plus de moi comme apprentie.

Avait-il perçu dans ma voix toutes les émotions que cette affirmation impliquait ? Il soupira.

— Qu'est-ce que je vais faire de toi …

La question était davantage pour lui que pour moi et j'attendais, stoïque, sa décision.

— Rejoins Kaxas, il est dans son bureau, je pense qu'il acceptera de te former.

L'occasion était trop belle : j'allais enfin me rapprocher d'un autre mage que je pourrais sonder pour tenter d'en savoir plus. D'après ce que j'avais observé pendant le conseil, le père de Rosadriah était un homme mesuré, intelligent et posé. Son antre ressemblait à celle de mon géniteur : de nombreuses étagères remplies de manuscrits divers ornaient les murs de l'étroite pièce. À mon arrivée, il cessa son activité de lecture attentive et me dévisagea avec attention. Je ne l'avais jamais vu sans sa capuche de cérémonie ; il avait la peau foncée, une tête ronde, des pommettes généreuses et un regard conciliant.

— Maître Solar m'envoie afin que vous poursuiviez ma formation.

—Très bien, je t'en prie, assieds-toi.

J'étais un peu déroutée. Il n'avait posé aucune question, n'avait soulevé aucune objection. Avait-il l'habitude qu'on lui envoie les élèves récalcitrants ? La pièce n'était pas pourvue de fauteuils et je ne comprenais où il désirait que je m'installe. Il me désigna de la main le magnifique tapis coloré sur lequel il s'agenouilla. Je l'imitai mais me sentais très mal à l'aise dans cette position, encombrée par ma robe et les pieds engourdis. Ivy ne fit pas de difficulté, se plaisait visiblement ici et s'endormit près de nous.

— Je t'ai observée, Sana. Ton problème est que tu ne sais pas gérer ta colère.

— Je n'ai toujours connu que ça, c'est ce qui m'a permis de survivre.

— Et c'est ce qui t'empêche d'avancer aujourd'hui. Avant d'aller plus loin, je vais t'enseigner la méditation. Elle te permettra de contrôler tes émotions, et ta magie.

Il s'exprimait d'une voix calme et bienveillante. Je me sentis tout de suite en confiance avec lui, acceptai de fermer les yeux et de me laisser aller lorsqu'il me demanda. Nous pratiquâmes durant toute la matinée des exercices de respiration, de concentration et de détente. Lorsque je rouvris les yeux, je me sentais étrangement sereine.

— Je serais occupé cet après-midi, mais je demanderai à Demien s'il peut t'intégrer à son groupe. En attendant, il est l'heure d'aller se restaurer.

— Maître Kaxas, je peux vous poser une question ?

— Je t'écoute.

— Pensez-vous que j'ai pu tuer mes camarades ?

— Tu veux dire : sans en être consciente ?

— Oui, pendant mon sommeil ? Je n'ai aucun souvenir de ces deux nuits là, en dehors du fait de m'être réveillée tardivement, et d'avoir fait d'horribles cauchemars.

Il se gratta la tête puis se rendit vers l'une des étagères. Il en sortit un manuscrit à la couverture rouge.

— Sais-tu lire ?

— Lucretia m'a appris.

— Ah, voilà une bonne chose ! Ce livre a été écrit par un prêtre de Narlamaë : il parle des troubles du sommeil, du somnambulisme notamment. Tu pourras peut-être y trouver des réponses.

Je le remerciai avec sincérité. C'était la première fois que quelqu'un m'offrait un présent sans rien attendre en retour. J'imaginais mal ce mage comme l'un des Démoniaques ayant mis la cité de Narlamaë à feu et à sang trois cents ans plus tôt. La sagesse s'acquerrait-elle avec le temps ? Devais-je le compter comme l'un des suspects potentiels pour les meurtres de Jez et Granger ? Son tempérament ne collait pas avec la violence des supplices infligés. Ou alors, c'était un excellent comédien.

Sur ses conseils, je me rendis, mon livre en main, la louve à mes basques, au réfectoire. Heureusement pour moi, peu d'apprentis étaient déjà là, et je me trouvai une place, seule, dans un coin, après que la mère de Xérios m'eut reconnue et m'ait généreusement servie une délicieuse soupe de poissons, avec deux généreux morceaux de truites, du lait d'amande et des épices. Elle avait même pensé à une carcasse de gibier pour Ivy. Sur l'estrade, Kaxas avait pris place aux côtés de Solar et Demien. La pièce se remplit rapidement lorsque les coven de Cazad, Sigrim, Fogan et enfin Yacius apparurent. Tous prirent bien soin de m'éviter, en dehors de mon pot-de-colle habituel.

— Alors, tu m'expliques ?

— Je n'ai pas à me justifier auprès de toi, Xérios.

— Attends, tu as tenu tête au mage Yacius et tu es toujours là ! Si ça avait été moi, il m'aurait désintégré sur place !

— Il l'a déjà fait ?

— Yacius ? Non, je ne crois pas … C'est plutôt le style de Cazad…

— Cazad …

Je restais un moment songeuse. Mon compagnon s'empiffrait sans gêne et la soupe lui coulait sur le menton.

— Il paraît que Cazad n'est pas toujours très … correct avec les femmes, je me trompe ?

— Il n'est correct avec personne.

— Tu penses qu'il pourrait assassiner des filles qui le dérangent ?

— Je vois où tu veux en venir, mais je t'arrête tout de suite : les Sept ne sortent jamais du Temple, sauf pour se rendre à Narlamaë une fois par an, mais, même à cette occasion, ils ne traversent jamais le centre de Kadhrass. Même moi, je n'y ai jamais mis les pieds.

— Je dois m'en assurer.

— Tu … quoi ?

Je le plantai là avec son poisson plein la bouche et me dirigeai d'un pas décidé vers le fond de la pièce. J'ignorai les murmures et les moqueries sur mon passage et me postai avec une assurance feinte devant la table des Sept.

— Maître Cazad, je souhaiterai poursuivre ma formation auprès de vous.

Solar, qui avait la bouche pleine, manqua de s'étouffer ; Demien me dévisagea, l'air plutôt inquiet, Sigrim eut un petit rire moqueur et j'évitai volontairement les regards désapprobateurs de Yacius et Kaxas. L'intéressé ne leva même pas les yeux de son assiette, occupé à en saucer le fond avec du pain noir. Il était, comme tous les autres, à découvert, et je découvris pour la première fois ses longs cheveux couleur sang, son visage anguleux et ses grands doigts fins. Il était vraiment effrayant.

— Et qui te dit que j'en ai envie ?

— J'ai compris que vous doutiez de mes capacités. Laissez-moi une chance de vous prouver le contraire.

Il avala tranquillement son morceau de pain et le mâcha avec beaucoup d'application. Il s'amusait visiblement beaucoup de me laisser mariner.

— Tu te crois vraiment tout permis ici, n'est-ce pas ? Tu as de la chance d'être la fille de Moïra et la favorite de Yacius. Si ça ne tenait qu'à moi, tu aurais fini comme ta copine, éventrée à la vue de tout le monde, après que tous les apprentis de mon coven te soient passés dessus.

Au bout de la table, je sentis les poings de Yacius se serrer. Je n'étais pas venue pour déclencher une bagarre entre les Mages, il fallait désamorcer cette situation. Sa dernière remarque me mit hors de moi : était-ce un aveu de culpabilité ? Un sourire glaçant s'était formé sur ses lèvres minces.

— Donc, vous acceptez ?

— Si tu y tiens … Il est temps de te montrer ce qu'est un vrai mage. Tu m'accompagneras aux abattoirs, je dois égorger quelques truies. On verra alors de quoi tu es capable.

Je n'avais aucune idée de l'emplacement des abattoirs et dut supplier Xerios de m'y mener. Le pauvre était terrorisé à l'idée de croiser Cazad. J'avais laissé Ivy dans ma chambre aux bons soins de Fleur, de peur que la situation ne dégénère. J'entrai seule car mon compagnon n'avait pas eu l'intention de traîner dans les parages et avait filé comme un couard. L'endroit était sordide. La puanteur des excréments se mêlait à celle du sang et de viande avariée.

Le coven du mage était déjà présent mais, contrairement à celui de Yacius, ils avaient l'air terrifiés. Ils attendaient en silence, sans bouger, les yeux baissés. De peur de déplaire à mon nouveau maître et ruiner ainsi mes chances de le percer à jour, je les imitai. Il ne tarda pas à se pointer, suivi d'une fille plus jeune que moi traînant à deux bras le cochon par une corde.

— Apprentis, la rouquine de Solar a beaucoup insisté pour nous montrer de quoi elle était capable ! Admirons donc sa technique !

D'un geste moqueur, il me tendit le couteau destiné à ôter la vie de l'animal. Il croyait peut-être me prendre en défaut, mais il ignorait que j'étais une adepte de la chasse et que je savais parfaitement comment tuer une bête. Je saisis l'arme, me plaçait à califourchon sur l'animal et l'égorgeait sans hésitation. Le sang gicla sur le sol, la truie poussa son dernier hurlement et s'écroula à terre. S'il était impressionné, Cazad n'en montra rien. Je lui rendis le couteau, mais il le refusa. Il m'indiqua un bac de salaison où le sel était mêlé au salpêtre.

— Crois-tu que le salage va se faire seul ? Ma favorite Yeva va te montrer comment faire. Je reviendrai vous voir après notre rituel de création.

Il n'avait jamais eu l'intention de me former et se moquait totalement de mon talent pour la magie. Il comptait m'humilier en me donnant une tâche destinée aux servantes. Aux filles. Il fit signe à son coven de le suivre et ils disparurent. La jeune obéissante se mit aussitôt à l'ouvrage. Sa favorite ? J'avais soudain une occasion d'en apprendre plus sur l'intimité du mage. Ses goûts étaient cependant quelconque, Yeva n'avait rien d'exceptionnel : petite, menue, la peau pâle et les cheveux fades. Elle commença à découper le porc avec dynamisme et je me mis à genoux pour l'aider, tant pis pour ma robe. La sienne était déjà tâchée et cela ne sembla pas l'affecter outre mesure.

— T'as quel âge ? entamai-je la conversation.

— Je sais pas trop. Quinze ou seize ans.

— Comment ça, tu ne sais pas ? On ne te l'a jamais dit ? Tu n'as jamais compté ?

— J'ai compté, mais je sais plus quand ça a commencé.

— Et tes parents ? Ils ne le savent pas ?

— Ils viennent de Narlamaë. Mon père était un p'tit voyou, mais il montrait de bonnes dispositions pour la magie. Pendant son voyage pour venir jusqu'au Temple, il a abusé plusieurs fois de ma mère qui venait d'être achetée par les Sept à sa famille pauvre. Elle est tombée enceinte, et me voilà ! Après Cazad a fait de ma mère sa favorite pendant quelques temps. Mon père était jaloux, mais il ne pouvait rien faire contre un mage. Alors, quand ce dernier s'est lassé, ma mère a cru pouvoir retourner auprès de mon père, mais il s'est mis en colère, l'a traitée de salope, de traînée, et l'a battue à mort. J'avais cinq ans. On m'a mise à l'écurie et jusqu'alors, c'était plutôt pas mal. Je m'occupais des chevaux, je dormais avec eux. Et puis Cazad m'a remarquée, il a dit que j'étais belle comme ma mère, alors il m'a prise avec lui.

J'étais sidérée par son récit. Elle racontait ça avec tellement de détachement ! Le sang du porc giclait sur son visage et elle en était barbouillée. L'image était terrifiante. Et moi qui me plaignais de ma vie misérable dans le quartier est !

— Et c'était quand, ça ?

— À la dernière lune bleue.

— Et il est comment, Cazad, avec toi ? Il te traite bien ?

— Au moins, j'ai un repas chaud tous les soirs et un lit pour dormir. Maître Cazad n'est pas très doux, mais il n'est pas long à faire … ses affaires, tu vois ? Après il s'endort vite, et j'ai la paix.

— Et après, il te demande de découper des bêtes mortes …

— On prend vite l'habitude.

— Il a dormi avec toi toutes les nuits ?

— Pour l'instant oui, pourquoi ?

— Même il y a trois nuits ? Rappelle-toi bien, il n'est sorti à aucun moment ?

— Il s'rait bien incapable de sortir avec tout l'alcool qu'il s'enfourne !

Je rayais définitivement ce mage de mon cercle de suspects. Même si Yeva n'avait pas l'air très intelligente, ces propos me semblaient honnêtes et cohérents. Pourquoi aurait-elle chercher à me duper ? Nous terminâmes le travail demandé, mais cela nous prit tout l'après-midi. Lorsque Cazad jeta un coup d'œil sur nos avancées, il ne nous gratifia d'aucun remerciement.

— Allez-vous laver, vous êtes répugnantes ! Yeva, je t'attendrais dans ma chambre.

Je n'avais pas l'intention de traverser le Temple dans cette tenue. J'avais du sang de cochon jusque dans les cheveux, et il n'était pas question de croiser Yacius dans cet état. Mais pourquoi me préoccupai-je soudain de ce que le mage bleu pouvait bien penser de moi ? Yeva me proposa de partager les thermes des servantes au rez-de-chaussée avant de rejoindre mes appartements. J'acceptai volontiers, désireuse de glaner toujours plus d'informations. À cette heure proche du dîner, toutes les domestiques destinées aux travaux des champs et à l'entretien des animaux avaient terminé leurs occupations et étaient présentes. Seules celles destinées aux cuisines et aux chambres manquaient. Une trentaine de filles d'âges divers folâtraient nues dans les bassins d'eau chaude. Certaines bavardaient gaiement, d'autres se plaignaient, d'autres encore riaient et s'éclaboussaient. Je décidai de cacher la pierre de béalion afin de ne pas attirer l'attention. Une fois ma tenue enlevée, personne ne me demanda qui j'étais et je me glissai avec soulagement dans un coin. Ma compagne de l'après-midi me rejoignit bientôt en compagnie d'une autre fille de son âge.

— C'est toi, la rouquine de Solar, non ?

— Et toi ? T'es qui ?

— Elka, je suis la favorite de Sigrim depuis une semaine.

Elle avait prononcé ces mots avec une fierté non dissimulée, comme si toute sa courte vie avait tendue vers ce but ultime.

— Qu'est-ce que t'as fait pour te retrouver au service de Cazad ? Yacius s'est déjà lassé de toi ?

De la part d'une autre, cette remarque m'aurait irritée. Mais ces pauvres filles avaient une vie bien pire que la mienne, je ne pouvais pas leur en vouloir.

— C'est moi qui en avais marre de lui.

Elles pouffèrent.

— Je t'avais dit qu'elle était sympa, murmura Yeva.

— Alors, t'es la favorite de Sigrim ? C'est à cause de lui l'hématome sur ta joue ? Est-ce qu'il est violent comme Cazad ?

— Pire ! Des fois, il boit tellement qu'il arrive même plus à bander !

Elles éclatèrent de rire. Leurs malheurs n'entachaient pas leur bonne humeur.

— Tant qu'il ne te fait pas trop de mal … C'était quand ce bleu ?

— Je sais plus trop ... y'a trois ou quatre jours. J'avais renversé du vin sur son lit.

En voilà un autre qui avait passé les dernières nuits au Temple. Quels suspects me restaient-ils ? Fogan et Demien ? Il me faudrait les interroger dès le lendemain.

Ma robe était trop sale pour être remise et Yeva me proposa une vieille robe de domestique afin de pouvoir retrouver mes appartements. Je la remerciai chaleureusement, me promettant d'essayer d'intervenir en sa faveur auprès de Solar dès que ce serait possible.

CHAPITRE 8 : LE MAGE BLEU

La journée avait été intense en émotions et en informations. Une fois débarrassée des vieux vêtements miteux prêtés par Yeva, j'enfilai une longue chemise de nuit blanche toute propre et m'écroulai sur mon lit, Ivy à mes pieds, ravie de mon retour. Je saisis le manuscrit offert par Kaxas. Je n'avais jamais lu de livre aussi volumineux, et peinais dès les premières pages. Cependant, les descriptions de l'auteur sur des événements survenus pendant la nuit étaient intéressantes et je m'appliquai à me concentrer lorsqu'on frappa à la porte. Yacius, une nouvelle fois. Que voulait-il ? Me sermonner ? Retenter sa chance ? Retrouver la face devant ses six compagnons à qui il avait soutenu que j'étais sa favorite ?

— Alors, comment s'est passé ton après-midi avec Cazad ?

Il insista sur ce prénom d'un air à la fois moqueur et agacé. Il déambulait dans la pièce, énervé, tandis que je m'étendais, sur mon lit, fatiguée des événements de la journée.

— C'était … intéressant.

— Tu m'étonnes ! Il doit être bien meilleur formateur que moi !

— C'est pas ce que j'ai dit …

— Non, mais ton comportement l'a démontré. Tu sais, Sana, si tu ne voulais pas de mon enseignement, il suffisait de le dire ! Pas la peine de piquer ta crise ce matin !

— Tu t'prends vraiment pour le centre du monde, hein, Yacius ? À aucun moment tu n'as envisagé que je pensais réellement ce que je disais et que ce n'était pas contre toi, mais contre toute votre organisation ?

— Et tu t'attendais à quoi ? Que je t'approuve devant tous mes apprentis ?

Je ne répondis pas. Je ne savais pas ce que j'attendais de lui, ni de moi. Il s'installa à ma table et se prépara un verre de vin sans m'en proposer, ce dont je ne lui en tenais d'ailleurs pas rigueur. J'étais lasse de toute cette histoire, de ces conflits, de mes disputes avec lui. J'avais les bras en compote à force de frotter la viande et je souhaitais juste me reposer.

— Avec qui comptes-tu travailler demain matin ?

— Je ne connais pas encore Sigrim, ni Fogan, ni Demien.

— Tu as l'intention de tous nous passer en revue ? Pourquoi ? Pour mieux faire ton choix ensuite ? Tu te crois sur la place du marché en train de choisir la meilleure volaille pour ton dîner ?

— Comme si tu ne savais pas ce que je cherche ! Je me fiche du Temple, du béalion, de la magie ! Je veux juste retrouver l'assassin de mes amies avant qu'il ne s'en prenne aux autres !

— Tu crois toujours que c'est l'un d'entre nous ? Tu n'as donc aucune confiance en ton père et moi quand nous t'affirmons que nous n'y sommes pour rien ?

— Désolée, Yacius, si je ne suis pas la femme parfaite que tu voudrais ! Mais pose-toi cette question : si j'étais aussi sage, obéissante, docile et soumise que tu le demandes, est-ce que tu me désirerais autant ?

— Et toi, Sana, si je cédai à tous tes caprices, comme ce lèche-cul de Xerios, est-ce que tu me désirerais davantage ?

— Il n'y a donc que ça qui t'intéresse ? Me mettre dans ton lit ? Xerios est peut-être un lèche-bottes, mais c'est le seul qui m'a acceptée ici ! La gentillesse n'est pas une faiblesse Yacius !

Il me fixa dans les yeux et un silence pesant s'installa entre nous.

— Moi aussi, je t'avais acceptée ici.

Il se retourna et je me sentis fondre. Un frisson me parcourut. Sept petits mots. Sa remarque était belle, et pleine de sincérité. Je sus à cet instant que si je n'agissais pas, j'allais le perdre, lui, le seul homme que je n'avais jamais désiré. Je le rattrapai avant qu'il ne passe la porte, le retins doucement par le bras et tendis une nouvelle fois les lèvres vers les siennes. Il les prit avec passion, ce deuxième baiser fut encore plus beau que le premier. De ses mains puissantes, je le sentis défaire les liens de ma chemise et la laisser glisser le long de mon corps. D'un geste circulaire, il baissa l'intensité de toutes les bougies et la pièce fut plongée dans une ambiance chaleureuse et tamisée.

Je me sentais un peu maladroite, peu habituée à parcourir le corps d'un homme. Je défis la ceinture qui tenait son pantalon tout en continuant de l'embrasser. Il couvrit ensuite de baisers ma gorge puis ma poitrine. J'étais entièrement nue avec, pour seul accessoire, le béalion brillant autour de mon cou. Je déposai mes mains sous sa chemise puis explorai son torse et son dos de caresses. Il était recouvert de tatouages.

Il se défit finalement de son vêtement et me guida vers le lit. Je sentis l'excitation redoubler lorsqu'il m'allongea, écarta délicatement mes cuisses et les couvrit de baisers avant de se glisser sur moi. Jamais je n'avais autant désiré un homme. Le plaisir que j'éprouvai lorsqu'il me pénétra était d'une intensité nouvelle. Contrairement aux goujats qui avaient abusé de moi plus jeune, il prit tout son temps pour effectuer de doux va-et-vient jusqu'à ce que nous parvenions ensemble à l'orgasme.

Je savourai encore l'instant lorsqu'il s'étendit à mes côtés, haletant. Ma tête posée sur son épaule, je parcourais délicatement avec mes doigts son torse.

— Que signifie tous ces tatouages ?

— Ils correspondent chacun à une étape de ma vie. Celui-là, par exemple, sur mon épaule, l'aigle, me rappelle la première fois que j'ai créé un animal.

— Cette rose, c'est pour une femme ?

— Une fille plutôt, ma première enfant, c'était il y a deux cent quatre-vingts ans. Elle est morte depuis longtemps, de même que ses enfants, et ses petits-enfants …

Je pris soudain conscience des sacrifices qu'imposait son choix de conserver une jeunesse éternelle. Connaissait-il seulement l'amour ? Avait-il souffert aux décès de sa progéniture ?

— Tu as eu beaucoup d'enfants ?

— Honnêtement, je ne les ai jamais comptés … J'ai trois fils ici, au Temple, devenus des mages vétérans, et un encore apprenti. Il est dans le coven de Demien.

— Tu as une fille, Sybil, à Kadhrass. Elle te ressemble. Elle a tes yeux bleus et ton charme. Elle est douce, gentille, magnifique. Sa peau est douce et parfumée.

— Tu en parles avec affection … Dois-je en être jaloux ?

Je préférai couper court à cette conversation : en réalité, mes sentiments étaient confus, et je ne savais plus trop qui, de Sybil ou de son père, me plaisait le plus ...

— Alors, quel tatouage désignera notre nuit ensemble ?

Sans s'étonner du changement de sujet, il sourit malicieusement et chercha un morceau de peau encore libre sur son poignet gauche. Puis, de sa main droite, il entreprit de dessiner un grand Y en style gothique. La pierre autour de son cou s'alluma et je vis apparaître sous sa paume la lettre noircie. Puis il traça un S s'enroulant comme un serpent autour du Y. Il entoura le tout d'arabesques végétales.

— Ça te plaît ?

— C'est magnifique.

Il saisit mon bras droit et s'appliqua à reproduire le même tatouage. Lorsque nos doigts se croisèrent, les deux dessins se collaient l'un à l'autre parfaitement.

— Voilà, comme ça, on est lié pour toujours.

Qui aurait imaginé un mage nécromancien et une voleuse des rues se déclamer ainsi de puériles banalités amoureuses ? Je me levai afin de nous servir deux verres de vin et mettre fin aux sentiments à l'eau de rose contraires à ma nature qui m'envahissaient. J'avais observé mon père réaliser cet enchantement et il ne fut pas difficile de l'imiter. Lorsque je me retournai, je contemplai mon amant étendu avec grâce sur le lit. La vision de mon corps nu avait éveillé sa virilité. Je déposai les verres et me glissai sur lui en le couvrant de baisers. Mon béalion rayonnait et, sous l'emprise de la passion, des fleurs jaillirent du sol et embaumèrent la pièce d'un doux parfum.

— Ta magie est tellement belle, Sana.

Yacius observa la pièce, subjugué, tandis que son sexe me pénétrait une nouvelle fois. Assise sur lui, je m'employais à lui rendre le plaisir qu'il me donnait. Après plusieurs étreinte passionnées, sur le petit matin, heureuse et comblée, je m'endormis paisiblement dans ses bras.

CHAPITRE 9 : POISONS

Je m'éveillai après quelques heures de sommeil à peine. Yacius était déjà levé, assis en face du lit, une tasse à la main, en train de m'observer. Dans mon corps fatigué se diffusait une sensation agréable de plénitude. Je me levai, toujours nue, et me glissai jusqu'à lui. Il avait simplement repassé sa tunique blanche qui épousait parfaitement son corps musclé. Assise sur ses genoux, je piochai dans les fruits frais disposés sur la table, croquai sensuellement dans une fraise avant de porter à sa bouche l'autre partie du fruit. Il m'embrassa voluptueusement mais, au lieu d'enchaîner ses baisers avec des caresses, comme il l'avait si bien fait pendant la nuit, il posa son regard sur le livre sur la table.

— D'où vient ce manuscrit ?

— Kaxas me l'a prêté afin que je comprenne les troubles du sommeil.

Il me dévisagea avec curiosité. Légèrement déçu que ses mains ne se faufilent pas sur mon corps, je me levai pour rejoindre l'autre fauteuil et m'y blottie, les jambes regroupées près du corps.

— Pour quelles raisons ?

— J'essaie de déterminer si j'ai pu me lever en pleine nuit pour assassiner mes sœurs.

Il resta un instant songeur, à détailler la couverture du livre. J'imaginai aisément qu'il cherchait une réponse à ma question, une réponse à la fois réconfortante pour moi, et pour lui.

— D'après ce à quoi j'ai assisté cette nuit, je n'ai pas eu l'impression d'être en danger, sourit-il malicieusement.

— Je suis sérieuse, Yacius.

— Et qu'as-tu appris ?

Je saisis le livre à la troisième page, là où il m'avait interrompue dans ma lecture la veille, et lui désignait un paragraphe :

La plupart des cas auxquels il m'a été donné d'assister présentaient des similitudes. On aurait dit que la personne était possédée par un démon de la nuit. Au matin, elles avaient toute la particularité de ne pas se souvenir de ce qui s'était produit. Certaines s'étaient simplement levées, d'autres avaient parlé, et dans deux cas, elles avaient effectué des tâches ordinaires de la vie quotidienne. Cependant, j'ai aussi présidé le procès d'une femme qui avait assassiné son mari en plein sommeil, et qui jurait n'en n'avoir aucune réminiscence. Je détaillerai ces faits dans le chapitre cinq.

— Bon, une femme s'est vraisemblablement défendue du meurtre de son époux en le faisant passer pour un acte inconscient. Je ne vois là que des suppositions. Voilà trois cents ans que je manipule le béalion, et ce n'est jamais arrivé.

— Si ce n'est pas moi, qui alors ?

— Je n'en ai aucune idée Sana, mais si cela est important pour toi, je t'aiderai à trouver le coupable.

— Pour cela, je dois interroger Demien et Fogan.

Le mage bleu poussa un soupir d'exaspération en levant les yeux au ciel. Je savais qu'il ne tolérait pas mes accusations.

— Tu as entièrement confiance en tes amis ? Tu peux te porter garant pour eux ? Voyons Yacius, votre réputation vous précède ! Si vous avez fui Narlamaë, c'était bien parce que vous étiez des criminels !

— Au Temple, nous avons tout ce dont nous avons besoin : de la nourriture à volonté, de l'alcool, des richesses et des femmes ! Pourquoi irait-on se donner la peine de tuer nos propres filles ?

— Parce que vous ne supportiez pas qu'elles utilisent le béalion !

— Alors pourquoi t'aurai-je donner une pierre ?

— Toi, peut-être, mais les autres mages ont clairement exprimé leur opinion sur le sujet !

Il se leva, agacé et entreprit de remettre son pantalon. Je n'aimais pas me disputer avec lui, surtout après la douce nuit que l'on avait passé ensemble. Mais, s'il était fier, je l'étais encore plus que lui.

— Bon, très bien. Je vais demander à Demien qu'il te prenne dans son coven. Ses cours commencent bientôt, dans l'une des salles du sous-sol. Mon fils, Rylf, t'attendra dans la grande salle. Mais s'il te plaît, pas de scandale cette fois, d'accord ? Solar aimait ta mère profondément, mais même sa patience a des limites. Et la mienne aussi.

Il finit sa tasse de thé en une gorgée et sortit de ma chambre en claquant la porte. J'étais à la fois frustrée et agacée par son comportement. Pour qui se prenait-il ? Il avait obtenu ce qu'il désirait et il me jetait déjà sans se donner la peine d'un geste tendre. Les hommes étaient décidément bien tous les mêmes.

Fleur arriva quelques instants plus tard mais je n'étais pas d'humeur à faire la conversation. Je lui indiquai fermement que j'étais encore capable de m'habiller seule et enfilai des vêtements pratiques à porter, des braies et une tunique blanche. Je me hâtai ensuite de rejoindre le rez-de-chaussée, bien décidée à montrer au mage bleu ce dont j'étais capable. Il estimait que je n'étais pas capable de dominer mes émotions et de me tenir correctement, j'allais donc lui prouver le contraire, et il s'en mordrait les doigts.

Son fils m'attendait comme convenu dans la salle de création. Sa capuche était déposée sur ses épaules et je ne pus m'empêcher d'admirer la ressemblance frappante avec sa demi-sœur Sybil. Le visage fin, les longs cheveux blonds, les yeux d'un bleu très clairs. Tous les enfants de Yacius héritaient-ils de sa beauté ? Il était jeune, plus jeune que moi. Je lui donnais à peine quinze ans. Savait-il que son père me considérait comme sa favorite et ce que cela impliquait ? Il n'en fit pourtant pas mention. D'ailleurs, il ne fit mention de rien car il ne m'adressa pas la parole. Je compris juste qu'il fallait le suivre lorsqu'il s'engagea dans l'escalier qui menait aux étages inférieurs.

Je ne doutais pas que ma réputation me précédait même si je ne me trouvais au Temple que depuis quelques jours. J'avais pourtant la sensation que j'y étais depuis plus longtemps, tellement je m'étais accommodée à cette nouvelle vie, bien plus agréable que toutes les années passées à Kadhrass.

Demien m'accueillit sans commentaire. Il était d'une beauté quelconque, brun aux yeux marrons. Il était plus grand que les autres mages, et fin comme un oiseau. Sa voix nasillarde n'était pas spécialement agréable à entendre, mais il ne criait jamais. Il avait visiblement la charge du groupe des plus jeunes car chaque membre de son coven ne semblait pas avoir plus de seize ans. J'étais non seulement la seule fille, la plus âgée, et aussi certainement la plus expérimentée. Cependant, j'étais bien décidée à suivre tout son cours avec sérieux et sagesse.

Le nécromancien au bracelet vert n'eut d'ailleurs rien à redire à mes performances. Il s'agissait de faire jaillir une source d'eau du néant. En quelques minutes de concentration, une petite fontaine s'écoulait déjà devant moi tandis que les autres peinaient. Demien proposa alors au groupe de se mettre par deux et je me retrouvai avec Rylf, le fils de mon amant. Assis par terre l'un en face de l'autre, nous tendîmes nos mains au-dessus du sol et il parvint alors, grâce à l'énergie du béalion que je lui transmettais, à créer sa propre fontaine.

Nous récoltâmes bientôt dans des bidons le fruit de notre labeur et Demien nous ordonna de les apporter en cuisine. Avant de partir, je fus soulagée de l'entendre me demander de rester.

— Comme tu l'as certainement vu, Sana, je ne m'occupe que des mages débutants. Yacius m'a demandé de t'apprendre les bases de notre magie, mais je constate que tu les maîtrises parfaitement. Ce n'est pas que je souhaite te renvoyer de notre coven mais, vois-tu, j'ai déjà sept disciples, et je n'ai rien à t'apprendre. Tu risques de vite t'ennuyer.

J'appréciai sa franchise et son honnêteté. Il est vrai que je me sentais aussi flattée de son compliment.

—Fogan serait-il un bon formateur ?

— Il l'est, là n'est pas le problème.

— Quel est donc le problème ?

— Tu es certainement la pire élève que nous ayons formée. Tu changes constamment de maître car rien ne te convient. Tu es indisciplinée et tu ne respectes aucune autorité.

— Et je suis une femme.

— Je n'ai aucun grief envers les femmes Sana, seulement envers celles qui sont capricieuses.

— Et celles qui pratiquent la magie ?

— Je ne sais pas ce que tu espères m'entendre dire, mais je n'étais pas au courant de vos petites manigances avec Lucretia avant que tu n'arrives. En vérité, je me moque complètement de ce qui se passe à Kadhrass. Ce n'est certainement pas moi qui ai tué tes amies, j'ai bien d'autres sujets de préoccupation que de m'occuper de pseudos apprenties sorcières.

Je l'observai et ne doutai pas qu'il me disait la vérité.

— Très bien, merci pour cette information. Pourrez-vous tout de même dire à maître Yacius que je me suis comportée correctement pendant votre cours ?

— Je n'ai aucune envie de me mêler des histoires de coucherie de Yacius, débrouillez-vous tous les deux et arrêtez de me faire perdre mon temps !

C'était clair, et je ne pouvais même pas lui en vouloir. Je sortais de la salle en me demandant bien comment j'allais retrouver seule le chemin du rez-de-chaussée, lorsque j'aperçus Rylf qui m'attendait avec ses bidons. Sans rien dire, il m'en tendit un, que je soupçonnais d'être le plus lourd, et s'engagea dans le couloir, toujours sans un mot. Je commençai à penser qu'il était réellement muet.

— Merci de m'avoir attendue.

— Merci de m'avoir aidé à faire jaillir l'eau.

— Ah ! Tu parles ? Je pensais que tu ne m'adressais pas la parole parce que je couchais avec ton père.

— Tu n'es pas la première traînée à coucher avec mon père.

C'était bien envoyé, et je l'avais mérité. Au lieu de m'énerver, j'éclatai de rire.

— Peut-être que j'suis pas la première, mais je suis certainement la seule de son harem capable de créer de l'eau.

Il haussa les épaules en guise de réponse mais je remarquai son léger sourire au coin des lèvres. Nous déposâmes l'eau en cuisine et nous dirigeâmes vers le réfectoire. Xérios était déjà là et me fit de grands signes pour que je le rejoigne.

— Alors, tu traînes avec les gamins de Demien maintenant ?

— Rylf est sûrement bien plus mature que toi !

— Ah oui, bien sûr, et c'est aussi le fils de Yacius …

Il prononça ce dernier mot en insistant sur la dernière syllabe d'un air amoureux qui le rendait grotesque. Je levai les yeux au ciel et détournai le regard vers la table des maîtres. Je surpris alors le regard du mage bleu sur moi. Il tourna la tête en m'apercevant, feignant de poursuivre une conversation très intéressante avec Kaxas.

— Tu n'es pas avec ta louve ? J'avais réussi à choper une carcasse de lapin pour elle.

— Non, je l'ai laissée dans ma chambre pour que tout se passe bien avec Demien. Ça me fait penser d'ailleurs qu'elle aurait bien besoin de sortir se dégourdir les jambes.

— Eh, mais attends ! Tu n'as rien avalé !

— Tu m'as coupé l'appétit.

Ce n'était évidemment pas le cas, mais je n'avais aucune envie de rester pour l'instant dans la même pièce que Yacius à me demander s'il me dévisageait pendant que je mangeais. Je regagnai ma chambre avec la carcasse de lapin. Je m'étonnai de la gentillesse désintéressée de Xérios à mon égard. Visiblement, pour s'attacher à une fille comme moi, il ne devait pas avoir d'autres amis au Temple.

Je regrettai un peu de l'avoir laissé en plan sans explication. J'étais en réalité impatiente de retrouver le livreur d'hier pour voir s'il avait réussi à obtenir des nouvelles des filles. Je sifflai Ivy et me dirigeai vers l'extérieur. Deux chariots se trouvaient là dans l'attente d'un chargement. Tandis que je dévisageai les visages des hommes dans l'espoir de reconnaître celui qui m'intéressait, je sentis une présence derrière mon dos.

— Tu me suis Rylfounet ? C'est Yacius qui t'as demandé de me surveiller ?

— Peut-être … sourit-il mystérieusement.

Il avait les mêmes fossettes que Sybil, et les mêmes yeux rieurs. Avec le froid, de la buée s'échappait de sa bouche.

— Tu cherches quoi ?

— Un livreur.

— T'as déjà l'intention de partir ?

— Pourquoi, j'vais te manquer ?

— À moi, non. Mais à mon père, c'est certain.

— Je croyais qu'il avait plein d'autres traînées pour occuper ses nuits …

— Mais tu es la seule qui le mette dans cet état-là, au point de se fâcher avec les autres mages.

— Je n'ai pas besoin d'un chaperon !

— Je ne te surveille pas, Sana, j'étais juste venu te dire que tu suivais les cours de Fogan cet après-midi, et quand je t'ai vu sortir, j'ai été curieux, c'est tout.

— Je n'étais pas en train de partir, je voulais simplement des nouvelles de mon amie Sybil, ta sœur. Mais visiblement, le gars qui devait me renseigner est déjà parti …

Déçue, je sifflai Ivy partie se dégourdir les jambes et m'engouffrai à nouveau dans le bâtiment.

— Elle est comment ?

— Qui ?

— Sybil, ma sœur.

Je m'arrêtais pour le fixer. Il avait dans les yeux ce petit air de chien battu que je connaissais bien, et auquel j'étais incapable de résister. Alors, sur le chemin des souterrains, je lui racontai à quel point ma Sybil était belle, douce, et merveilleuse. Je lui parlai de son rire enfantin, de ses longs cheveux blonds, de la douceur de sa peau et de son parfum envoûtant. Je m'aperçus bientôt que c'est l'image de Yacius que j'avais alors en tête. Machinalement, je caressai mon avant-bras avec mon nouveau tatouage. Mais qu'est-ce qu'il m'arrivait ?

Le cours de Fogan fut d'un ennui mortel. Nous étions dans le potager avec son coven, réunis en cercle autour d'une motte de terre infertile, et notre tâche consistait à faire pousser un noisetier. Nous réussîmes à plusieurs reprises. Cependant, le mage au bracelet orange était particulièrement pointilleux. Au lieu de se contenter d'un arbre quelconque, il exigeait de ses disciples la perfection. Il nous fit recommencer cinq fois, critiquant soit l'épaisseur du tronc, soit la profondeur des racines, ou encore la forme des feuilles.

J'en conclus qu'un mage aussi méticuleux et maniaque ne pouvait être responsable de meurtres sauvages aussi désordonnés. Il me fallait chercher la réponse ailleurs, mais où ? Visiblement, le mage bleu avait raison, et aucun des Sept n'étaient responsables de l'assassinat des filles. La réponse se trouvait-elle parmi les vétérans travaillant dans la deuxième tour du Temple ? Xérios m'avait appris qu'il étaient une bonne cinquantaine. J'avais du pain sur la planche.

C'est épuisée que je retournai dans ma chambre, tard dans la soirée. J'étais morte de faim mais n'avais aucune envie de supporter les regards des autres disciples au réfectoire. A mon grand étonnement, un repas m'attendait déjà dans ma chambre. Yacius avait-il eu cette petite attention à mon égard dans l'espoir de se faire pardonner son départ précipité du matin ?

Je défis ma robe afin de rester en chemise de nuit blanche et me penchai sur la nourriture : sur le plateau se trouvaient des poires fraîches mûres à point, une terrine, des fèves en salade et deux grosses tranches de pain beurrées, le tout accompagné d'un verre de vin rouge. J'en avais l'eau à la bouche et dégustai avec appétit.

On frappa à ma porte. Le mage bleu entra sans même attendre que je l'autorise à entrer, mais j'étais bien trop fatiguée pour râler. La tête me tournait légèrement lorsqu'il se posa sur le siège face à moi.

— Tu rentres dans ma chambre comme si c'était la tienne ?

— Tu es ma favorite, cette chambre est autant la mienne que la tienne, un maître n'a pas à patienter les faveurs d'une dame dans la couloir. Je serais ridiculisé devant les autres mages si c'était le cas. Alors comment s'est passée ta journée ?

Je sentais au timbre de sa voix qu'il était encore en colère et agacé, ce qui m'énerva d'avantage. Je choisis donc d'adopter un ton moqueur et désinvolte.

— Bonsoir Maître Yacius, merci pour le repas.

— Quel repas ?

Je relevai légèrement la tête. Ma vue se brouillait. Était-ce l'effet de la fatigue ? Il est vrai que nous avions peu dormi la nuit précédente et que j'avais dû fournir beaucoup d'effort à la séance de création du noisetier de Fogan.

— Eh bien, ce repas !

— Je ne t'ai rien apporté.

Nous nous dévisageâmes un instant mesurant les implications de cette révélation. Qui m'avait porté à manger ? Mon père ? Fleur ? Xérios ? Yacius se pencha alors sur le plateau pour observer les aliments, puis saisit la bouteille pour la renifler.

— Sana ! Ce vin a été empoisonné !

— Quoi ?

Je me sentais soudain vaseuse. La tête me tournait de plus en plus et mes jambes flageolaient. Je tentai de me mettre debout mais je perdis l'équilibre et manquai de m'affaler au sol si Yacius ne m'avait pas rattrapée. Il me prit dans ses bras puissants et m'allongea sur le lit. Ivy sentit que quelque chose se tramait et posa ses pattes de devant sur le couvre-lit pour me renifler. Je me sentais totalement impuissante tandis que le venin se répandait dans mon corps. Mes membres ne réagissaient plus. Je sentis un poids sur ma poitrine comme si quelqu'un me l'écrasait, et commençais à suffoquer.

Le mage bleu garda un sang-froid indescriptible. Il posa ses mains au-dessus d'une coupe vide, ferma les yeux et se concentra. Un liquide verdâtre apparut aussitôt. Il passa une main derrière ma tête pour me forcer à me relever et porta le verre à ma bouche. L'odeur, tout comme le goût de la mixture étaient atroces. Je fis une grimace, cependant il m'obligea à tout boire. Je toussotai avant de reprendre mes esprits. Ma respiration se calma.

— Reste-là et ne bouge pas.

— Où vas-tu ?

— Punir celui qui a fait ça.

Ses yeux d'habitude si doux irradiaient d'une fureur sans nom. Il siffla ma louve et lui intima l'ordre de retrouver l'empoisonneur. Ivy s'élança dans le couloir, le mage à ses trousses. Étourdie par les événements, je m'assoupis.

Lorsque je m'éveillai, la nuit était déjà bien avancée. Yacius se trouvait près de moi, assis dans le fauteuil qu'il avait approché du lit. Il avait retiré sa cape et s'était endormi à son tour. J'avais des scrupules à le réveiller, pourtant, mes mouvements lui firent ouvrir les yeux.

— Sana, comment tu te sens ?

— Un peu vaseuse.

— Ça va passer.

— Alors, qui c'était ? Cazad ? Sigrim ?

— Une fille des cuisines, l'une de mes anciennes maîtresses. Elle était jalouse que je la délaisse pour toi.

Il baissait la tête, honteux de m'avoir mise en danger.

— Tu m'as sauvé la vie Yacius. Sans ton antidote …

— Sans moi elle ne s'en serait pas pris à toi … Mais cela n'arrivera plus, crois-moi.

Il était vraiment penaud. Je n'osai imaginer ce qu'il avait fait endurer à la pauvre fille pour se venger. Je m'assis sur le rebord du lit et tendis ma main vers son visage. Je caressai tendrement sa joue. Il saisit ma main et la pressa contre sa bouche pour la couvrir de baisers. Je l'attirai alors sur moi. Il se glissa entre mes jambes en embrassant mes lèvres, puis ma poitrine. J'oubliai d'un coup tous les griefs que j'avais ruminés contre lui toute la journée et me laissais aller au plaisir d'être dans ses bras, plus vivante que jamais.

CHAPITRE 10 : LES VÉTÉRANS

Je m'éveillai une fois de plus dans les bras de Yacius. Pendant un instant, à ce moment où notre esprit oscille entre le rêve et le réveil, j'avais cru être près de Sybil, sous les toits de notre cabane de Kadhrass. Mais bien vite, la réalité m'avait rattrapé : j'étais au Temple, en compagnie de l'un des Sept.

Je m'extirpai du lit et fis une toilette rapide avant d'enfiler une tenue simple composée de braies et d'une tunique. Yacius ouvrit les yeux et s'étira. La couverture glissa et laissa entrevoir son torse nu tatoué et musclé.

— Déjà debout Sana ? Rien ne presse, c'est jour de Mercure aujourd'hui.

— Et ?

— Et c'est le jour de repos des apprentis. Nous avons toute la matinée devant nous …

Il me lança un regard charmeur et entendu, attendant vraisemblablement que je le rejoigne sous les draps.

— Je suis affamée.

— C'est une bonne chose. Cela signifie que le poison s'est bien dissipé.

Il se leva, sans prendre la peine de s'habiller, et s'avança nu jusqu'à la table. Croisant les mains, il fit apparaître une belle pomme qu'il m'offrit. Je croquai dedans à pleine bouche.

— Alors, vas-tu enfin me raconter ce qu'il s'est passé hier soir ?

Yacius me narra alors comment Ivy avait reniflé la piste jusqu'aux cuisines, et qu'elle avait sauté sur Akely, la renversant, et s'était postée sur elle, les babines retroussées. Il avait débarqué dans une fureur sans nom. Il avait attrapé la pauvre fille tremblante par la gorge et l'avait soulevé de terre devant le regard apeuré des autres cuisinières. Ses cris avaient ameuté les disciples présents au réfectoire, curieux de constater ce qu'il se passait.

Le mage bleu avait menacé de tuer dans d'atroces souffrances quiconque s'en prendrait encore à sa favorite. Akely pleurait et le suppliait de lui accorder son pardon, mais il n'en fit rien. Il la traîna dans le couloir jusqu'à la porte principale et la jeta dehors, dans le froid et la nuit, en lui signifiant de ne plus jamais remettre les pieds au Temple sous peine de mort immédiate.

Je n'éprouvai aucune compassion pour cette jalouse envieuse qui avait essayé de me tuer. Le fait de savoir que Yacius avait pris ma défense devant tous les autres, domestiques et disciples, me remplit de fierté et d'orgueil. Je me collai contre lui et l'embrassai tendrement. Ses bras puissants m'enveloppèrent avec délice.

— Cet après-midi, nous organisons notre séance de création hebdomadaire. Les Sept mages seront là. Tous les disciples qui le souhaitent peuvent y assister. Viendras-tu ?

Il me chuchota ses mots du bout des lèvres, son visage contre le mien. Ses yeux bleus pétillaient d'excitation à l'idée que j'assiste à l'une de leurs prouesses. On aurait dit un petit garçon attendant le regard fier de sa mère. Je n'avais pas le cœur à lui refuser, même si, au fond de moi, la magie des Sept me laissait plutôt indifférente.

— Évidemment.

— Parfait ! En attendant, j'ai quelques petites idées pour occuper notre matinée …

— Je souhaiterais me rendre dans la tour est.

Ce n'était visiblement pas la réponse qu'il attendait. Il recula et soupira.

— Tu penses encore que le meurtrier se trouve au Temple.

— Si ce n'est pas l'un de vous Sept, c'est certainement l'un des vétérans.

— Et tu as l'intention de te rendre seule dans l'antre d'une cinquantaine d'hommes, mages expérimentés ? Ils ne vont faire qu'une bouchée de toi.

— Je sais me défendre !

— Je vais demander à Rylf de t'accompagner.

— Oh non, pitié Yacius ! Je n'ai pas besoin que ton fils me surveille !

— Tu préfères ton petit Xérios ?

— Tu n'as aucune raison de parler comme cela de Xérios ! C'est juste … un ami.

— Il ne te regarde pas comme une amie.

— Et comment il me regarde alors ?

— Comme un chien en chaleur.

Je lui lançai un regard noir. Finalement, il était bien comme tous les autres, jaloux et possessif. Il ne comprenait rien. Il pensait, comme un maître, que je lui appartenais. Mais j'étais libre. Je n'étais pas sa favorite. J'avais consentie à quelques instants de plaisir, mais cela s'arrêtait là. Dès que mon enquête serait terminée, je retournerai à Kadhrass, à ma vie, certes médiocre, mais sans contrainte.

— Quoiqu'il en soit, Sana, tu ne te rendras pas seule dans la tour est.

— Oui papa.

Folle de rage, je tournai les talons et me dirigeai vers la sortie. J'attrapai au passage ma cape, l'enfilai, et partis en direction du réfectoire. Xérios était déjà là, attablé devant une large tranche de pain beurré et de confiture. Il leva vers moi un regard étonné. Sans commentaire, je m'assis en face de lui et lui subtilisait l'une de ses tartines. Il respecta mon silence et ne dit rien. Cependant, je perçus dans son sourire qu'il était content de me voir à ses côtés. Alors que je terminai mon petit déjeuner, le fils de Yacius s'approcha de notre table.

— Qu'est-ce que tu veux Rylfounet ?

— Mon père m'a demandé de t'accompagner dans la tour est. Je vais te présenter mon frère Bushan.

— Une réunion de famille … c'est trop mignon.

— Eh ! J'y suis pour rien si tu t'es disputé avec Yacius !

— C'est bon, Xérios va m'emmener.

— Je … quoi ?

— T'avais autre chose à faire ?

— Euh … non … non, on fait ce que tu veux.

— Xérios peut venir, mais je t'accompagne quand même. Je n'ai pas envie que ça me retombe dessus.

— Bon, grouillons-nous alors, il faut que je sois revenue pour la démonstration.

L'ambiance de la tour est était bien différente que celle du bâtiment principal. Il regroupait tous les mages confirmés de cette dernière centaine d'années, que l'on appelait les

« vétérans ». Certains d'entre eux connaissaient le secret de la vie éternelle et n'avaient pas vieilli. D'autres, au contraire, paraissaient si vieux que je me demandais comment ils tenaient encore debout.

Le bâtiment était très sombre, peu éclairé par quelques bougies. Un froid glacial régnait dans les corridors. Je me pelotonnai dans ma cape tandis que nous empruntions un escalier étroit en colimaçon. Rylf nous emmena dans une vaste pièce du premier étage. Il s'agissait vraisemblablement du scriptorium. Une dizaine de mages encapuchonnés était occupée en silence à écrire sur des parchemins. Personne ne leva la tête à notre venue. Le fils de Yacius se dirigea dans un coin de la salle vers l'un des scriptes.

— Bonjour Bushan, chuchota-t-il afin de ne pas troubler le travail des autres. Pourrait-on te parler quelques instants ?

L'autre acquiesça et nous fit signe de le suivre à l'extérieur. Parvenu sur le pas de la porte, il retira sa capuche. Il paraissait plus âgé que Yacius, ce qui ne voulait pas dire grand-chose pour un mage capable de maîtriser les effets du temps. Il avait le même visage fin, les yeux clairs, mais les cheveux coupés très courts. Sa carrure était frêle comme celle de son petit frère Rylf. Il était moins séduisant que son père, mais tout aussi charismatique.

— Voici Sana, c'est …

— La favorite de maître Yacius. La rouquine de Solar. J'en ai entendu parler.

J'étais presque déçue de ma notoriété. Y avait-il encore un endroit à Kadhrass où l'on ne me connaissait pas ?

— Deux des compagnes de Sana ont été sauvagement assassinées en ville, visiblement par quelqu'un d'une grande force qui maîtrise le pouvoir du Béalion.

— Et tu le cherches ici.

J'approuvai d'un signe de tête. J'étais en réalité un peu intimidée par lui, tout comme Xérios qui s'était mis en retrait dans l'espoir qu'on l'oublie.

— Je ne peux rien pour toi. Je passe mes journées au scriptorium.

— Mais tu connais les autres vétérans, non ? Est-ce que l'un d'entre eux est particulièrement puissant ?

Il me répondit d'un sourire moqueur.

— Si nous vivons encore au Temple, c'est que nous sommes tous puissants. Sinon les maîtres nous auraient renvoyés.

— Les Sept rejettent les apprentis qui ne sont pas assez forts ? Que deviennent-ils ? Ils retournent à Kadhrass ?

— Oui, mais sans béalion. Ils ne peuvent plus exercer leur magie.

Une nouvelle idée naquit alors dans ma tête. Et si un ancien apprenti avait découvert notre grotte ? Il se serait emparé de la pierre magique, puis aurait cherché à se débarrasser de nous afin de conserver son secret. Cette théorie se tenait, et c'était le meilleure piste que j'avais.

— Comment je peux reconnaître un ancien apprenti à Kadhrass ? Avez-vous une liste de noms ?

— Évidemment. Nous tenons des registres de toutes les personnes qui naissent, passent et vivent au Temple. C'est essentiel pour le contrôle de la magie.

— Bushan, je dois consulter ces registres !

Il m'observa un moment sans ciller. Je me demandai bien ce qu'il pouvait penser de moi.

— S'il te plaît, ajoutai-je à contrecœur.

Je n'avais pas l'habitude de supplier les gens, mais je n'étais pas en position de force et je souhaitais accéder à ces documents.

— Tu as l'habitude d'obtenir tout ce que tu veux, n'est-ce pas ?

— Si je pouvais vraiment avoir tout ce que je veux, tu crois vraiment que je serais restée toutes ces années dans les bas-fonds de Kadhrass à crever de faim ?

Il n'ajouta rien et se dirigea vers l'intérieur de la pièce. Je ne savais pas si j'étais invitée à le suivre alors j'attendis dans le couloir. Xérios et Rylf patientèrent avec moi.

— Il a l'air sympa, ton frère, lança mon ami au fils de Yacius pour engager la conversation.

Rylf lui lança un regard en coin qui en disait long sur ce qu'il pensait de lui.

— Vous avez la même mère ? demandai-je innocemment.

— Bien sûr que non. Yacius ne reste jamais bien longtemps avec la même femme.

Xérios tourna vers moi un visage désolé, mais je feins de montrer que cette remarque ne m'affectait pas. Bushan revint bientôt avec les documents et nous emmena à l'étage supérieur dans une pièce déserte. C'était une petite salle vraisemblablement destinée à la création, car elle était pourvu de sept sièges placés en rond autour d'une îlot central forgé dans le béalion. La magie irradiait dans tout l'espace. L'aîné des frères se dirigea vers d'épais rideaux lourds qui obscurcissaient les fenêtres et les tira. La pièce fut soudain inondée d'une bienveillante lumière ante-méridienne.

Je m'installai sur l'une des assises, qui au demeurant était très confortable, abaissai ma capuche et me mis à fureter dans le premier manuscrit. Je ne savais pas trop ce que je cherchais d'ailleurs. Peut-être un nom connu. Il s'agissait des archives des entrées et sorties des dix dernières années. Les trois autres livres remontaient sur les cinquante dernières. Le document était rédigé par colonnes, avec à gauche les noms des individus, leur filiation connue, puis des dates d'entrée et, le cas échéant, de sortie. À la dernière page du document, je constatai que mon nom avait déjà été ajouté : Sana, fille de Solar et Moïra, jour de Soleil, onzième lune de l'an 302.

— Bon, qu'est-ce qu'on cherche exactement ? s'enquit Xérios, désireux de m'aider, en s'affalant sur le fauteuil à ma droite avec l'un des documents à la main.

— Le nom des apprentis chassés du Temple. Prends du papier, je vais te les dicter.

— Mais ... je ne sais pas écrire ...

Je l'observai, stupéfaite. Moi qui étais persuadée que c'était l'un des apprentissages de base.

— J'écrirai pour toi, proposa Bushan, à mon grand étonnement.

— Euh ... merci.

J'étais très gênée et je ne savais que répondre. À quoi était dû ce soudain élan de générosité ? Avait-il lui aussi reçu des instructions de son père ? Rylf lui-même prit un autre registre et s'engagea dans sa lecture. Peut-être pensaient-ils que plus vite ils m'aidaient, plus vite je quitterais les lieux ? Nous travaillâmes ainsi un moment certain. J'avais à présent trois parchemins complets de noms, ce qui représentaient une bonne trentaine d'individus, dont aucun ne m'était connu. C'était tout de même un début de piste prometteur. Quant à Xérios, il s'était endormi.

— Bushan, Rylf, je vous remercie sincèrement de l'aide que vous m'avez apporté. Je ne sais pas si c'est votre père qui vous l'avait ordonné, mais vous vous êtes bien acquittés de votre mission.

C'est alors qu'un groupe de mages s'engouffra dans la pièce. Ils furent aussi surpris que nous de nous trouver là. Au nombre de sept, tout indiquait qu'ils se préparaient à un rituel de création. Bushan s'excusa rapidement en notre nom et annonça que nous allions libérer la salle. Cependant, alors que je m'apprêtais à sortir à sa suite, l'un d'eux m'attrapa le bras.

— Eh ! Mais qu'est-ce que nous avons là ? Une jolie poupée déguisée en magicienne. Dis donc chérie, tu serais pas la rouquine de Solar ?

— Justement si, Crevan, rétorqua Bushan, c'est la fille de Solar, et la favorite de Yacius, tu ferais mieux de la laisser tranquille.

— La favorite de Yacius ? Dis donc, il se refuse rien ton père ! Pourquoi on ne pourrait pas en profiter un peu nous aussi ? Ça me changerait de ces bécasses de servantes crasseuses.

— On ne touche pas à l'une des favorites des Sept ! C'est dans le code d'honneur que tu as accepté en devenant vétéran !

— Les Sept se réservent toujours les meilleurs morceaux. Si la dame est là, c'est qu'elle cherche un peu de fraîcheur, n'est-ce pas ?

Les six compagnons de Crevan ricanèrent tandis que ce dernier me barrait toujours la route et empêchait les deux fils de mon amant de passer. Seul Xérios se trouvait encore dans la même pièce que moi, à la merci des vétérans, mais je doutais pouvoir compter sur ce peureux. J'allais devoir me débrouiller moi-même. Je comprenais à présent les réticences du mage bleu à me laisser venir ici. Il connaissait visiblement bien les autres hommes du Temple. Chacun d'eux possédait du béalion en médaillon autour du cou, mais j'avais aussi le mien, et Yacius lui-même avait été impressionné par ma puissance.

— Ne touchez pas à Sana !

— T'es qui toi ? Ah, j'te reconnais, t'es Xerios, le fils trouillard de Zaradeg ! Tu comptes faire quoi minus ? Dans quelques mois, les Sept t'auront foutu dehors pour ton incompétence.

Les autres s'esclaffèrent de plus belle, ce qui m'agaça encore plus. On ne s'attaquait pas impunément à mes amis. Sous ma cape, je rapprochais mes mains et concentrais ma magie. Lorsque Crevan approcha sa main de mes cheveux pour les caresser, ma colère éclata. J'ouvris les pans de mon vêtement et balançai la boule d'énergie sur le vétéran. Il fut projeté violemment en arrière sans avoir le temps d'anticiper mon attaque. Sa capuche s'affaissa, laissant découvrir le visage groggy d'un homme d'âge mur aux cheveux bruns coupés courts et à la mâchoire carrée.

Les autres, surpris, se placèrent rapidement autour de moi pour se préparer à m'affronter. Ce fut leur erreur. Ainsi placée en position centrale sur l'îlot de béalion, avec six mages debout autour de moi, j'étais devenue le point d'afflux de l'énergie. Xérios, tremblant se rapprocha de moi. Enfin, je devrais plutôt préciser qu'il se cacha derrière moi. Je remis ma capuche et me fermai aux sensations extérieures. Je tendis les deux bras sur les côtés, les mains ouvertes vers mes agresseurs.

Sans comprendre ce que je préparais, ils tentèrent de m'attaquer, mais mes doigts aspirèrent leur puissance. La magie affluait vers moi de toute part et je sentis un flot de lumière se dégager de mon corps. Des décharges électriques strièrent l'air et des nuages se formèrent au-dessus de nos têtes. Sans m'en préoccuper, je continuai de ressentir la puissance circuler avec un plaisir intense. Les vétérans, surpris, cessèrent toute attaque, mais c'était trop tard : leur béalion était à ma merci. Bushan s'engouffra dans la pièce et je sentis sa voix paniquée :

— Sana ! Arrête tout de suite ! Une telle puissance, c'est trop dangereux !

Une partie de moi entendit ses paroles mais j'étais comme hypnotisée par ce pouvoir grandissant. Des éclairs tombaient tout autour des vétérans trop stupéfaits pour intervenir. Avant que je ne m'en rende compte, le fils aîné de Yacius se précipita vers moi et me saisit la main. D'un coup, une partie de la puissance qui m'entourait se déplaça vers lui dans une décharge électrique.

Je repris soudainement mes esprits. La magie était toujours là, mais partagée entre nous deux. C'était un sentiment intense, une liaison surnaturelle incroyable. Je tournai la tête pour le regarder. Il avait les yeux de Sybil. Les yeux de Yacius. Un regard profond et pénétrant. La décharge électrique l'avait essoufflé et il haletait, les joues rougies par l'effort surhumain que lui demandait le contrôle de ma force.

— Calme-toi Sana.

Mais je ne parvenais plus à me contrôler. La magie déferlait sans s'arrêter. C'est alors que Xérios, mon petit trouillard de Xérios, comprit soudain ce qu'il avait à faire. Il attrapa mon autre main et absorba le reste de mon pouvoir dans une décharge encore plus forte. Une explosion de lumière étincela dans la pièce, projetant tous les mages présents contre les murs. Bushan,

Xérios et moi nous écroulâmes en même temps.

Les yeux clos, le corps courbaturé, je sentis la main de Rylf me tapoter la joue pour me réveiller. J'émergeai difficilement et scrutai les alentours. La pièce était parsemée de traces noires à l'endroit où les éclairs avaient atterri. Les vétérans se relevaient avec difficulté, de même que Bushan. Xérios haletait à mes côtés. Je me précipitai vers lui mais Rylf me devança.

— Ne le touche pas, Sana, tu risques d'aggraver son état. Une autre décharge électrique, et son cœur s'arrête.

Rylf parvint à lui transmettre un peu de force en posant sa main sur sa poitrine, et mon ami se leva à son tour. Crevan se dirigea vers moi, d'un air à la fois moqueur et peu rassuré. Un filet de sang coulait sur sa tempe droite.

— Ta réputation n'est pas surfaite, la rouquine. On est d'accord que cet incident ne doit pas arriver aux oreilles des Sept ?

— T'inquiète, je ne raconterai à personne que vous avez été battus par une fille.

— Et je ne dirai à personne comment tu as ravagé notre salle de création parce que tu ne maîtrises pas tes émotions.

Nous avions bien sûr tous les deux fortement intérêt à ce que cet événement ne sorte pas de cette pièce. Sans plus attendre, je me dirigeai vers la sortie. J'étais épuisée et tenais à peine sur mes jambes. Mes compagnons n'étaient pas mieux lotis, surtout Xérios.

— Bushan, je suis désolée des ennuis que je t'ai causé. Est-ce que ça va ?

— Tu es une fille intelligente, Sana, instruite, tenace. Très belle. Et tellement puissante ! Tu fais preuve d'une loyauté sans faille envers tes amies. Je comprends pourquoi Yacius t'apprécie. Avec un peu de maturité, tu seras une grande magicienne. Quand mon père se sera lassée de toi, reviens me voir. Je te formerai.

Rylf et Xérios lui lancèrent un regard ébahi, tandis que mes joues devenaient aussi rouges que mes cheveux. Était-ce parce que nous avions échangé un moment intense de magie ? Ou parce qu'il ressemblait tellement à Yacius ? Il s'éloigna avec prestance dans l'obscurité du couloir.

— Il faut qu'on s'en aille, intervint Rylf sur un ton légèrement agacé. Si nous manquons le déjeuner, ça paraîtra suspect.

— Je suis épuisée !

— Moi aussi !

— Faites un effort, sinon mon père va se douter qu'il s'est produit quelque chose ici, et je n'ai aucune envie de subir sa colère, ni celle de Crevan s'il découvre qu'on l'a dénoncé !

CHAPITRE 11 : LE POUVOIR DE LA CRÉATION

De retour dans le bâtiment central du Temple, le réfectoire était rempli de disciples bruyants. Les Sept étaient déjà attablés et pris dans une conversation visiblement très amusante car ils riaient à gorge déployée. Je sentis le regard de Yacius sur nous à notre entrée, mais je détournai volontairement le visage, inquiète qu'il puisse voir que quelque chose clochait. La mère de Xérios nous servit copieusement un ragoût de gibier aux petits légumes, et s'inquiéta du teint pâle de son rejeton. Nous nous installâmes tous les trois à une table à l'écart des autres, et je dus faire un effort surhumain pour ne pas m'écouler de fatigue sur la table.

— Alors, ça s'est bien passé ?

J'étais tellement déconcentrée que je n'avais même pas remarqué Yacius s'approcher de nous. La plupart des autres apprentis nous observaient plus ou moins discrètement, certainement à l'affût d'une nouvelle rumeur à faire circuler sur le couple le plus célèbre du moment, le mage bleu et la rouquine de Solar. Je plongeai mon regard dans celui de Xerios en face de moi, espérant qu'il ne commette pas une gaffe. Heureusement pour nous, c'est Rylf, le plus en forme, qui parla.

— Très bien. Sana a découvert grâce à l'aide de Bushan des informations intéressantes sur les anciens apprentis chassés du Temple.

— C'est effectivement une bonne piste. Tu comptes aller la vérifier ?

Il tentait de garder une posture digne d'un maître, mais j'avais senti au son de sa voix la fin de sa phrase se briser. Visiblement, il était touché par mon départ.

— Oui. Je partirai demain matin.

Il se retourna sans rien ajouter. Mon cœur se serra malgré moi mais je tentai de me reprendre. Je n'appartenais pas à Yacius, ni à Solar, ni au Temple. J'étais libre, et ma mission de sauver Sybil n'était pas achevée.

— Alors Rylfounet, on ment à son papa ?

— C'est ça, rigole bien Sana … Mais tout ça, c'est ta faute.

— Tu vas lui manquer, soupira Xérios.

— On m'a assez répété que le mage bleu ne restait jamais longtemps avec la même femme, je pense qu'il m'aura vite remplacée.

J'avais prononcé cette phrase volontairement en soutenant le regard de Rylf qui baissa la tête.

— À moi aussi, tu vas manquer, enchaîna mon ami.

— Ne t'inquiète pas, Xérios, si tu te fais chasser du Temple, je t'accueillerai à Kadhrass.

—Je suis si mauvais que ça ?

— Non, c'est juste que les autres mages n'ont pas réalisé la valeur de ton potentiel.

Il sourit tandis que je terminai mon repas et me dirigeai vers ma chambre en prétextant que Ivy avait certainement faim. En réalité, je croulai sous la fatigue. Je parvins à trouver Fleur et la priai de venir me réveiller avant le début du rituel de création. J'avais promis à Yacius que j'y serai, je pouvais bien faire cela pour lui.

Au son de la quatrième cloche, je descendis au rez-de-chaussée, revigorée par cette courte sieste. La salle de création était pleine à craquer, et j'eus du mal à me frayer un chemin parmi les disciples et les vétérans. Tous chuchotaient à voix basse et je surpris une conversation entre deux apprentis qui tentaient de deviner à quelle création ils allaient assister. Je repérai Xérios dans la foule et le rejoignis. Malheureusement, il était à côté de ce crétin de Cratik. Je repérai aussi le disciple près de lui :

— Tiens, Faelak ! Tu as plutôt bonne mine pour un mort-vivant.

— Sale petite garce, crois-moi, tu vas me le payer. Si j'étais toi, je surveillerai mes arrières.

— Comment vas-tu Sana ?

Nous sursautâmes en entendant la voix de Solar derrière nous. Il s'était glissé, capuche rabaissée, parmi ses élèves sans que personne ne s'en aperçoive.

— Ça va.

— J'ai croisé Crevan. Belle performance.

Je me figeai soudain et n'osai même plus respirer. Ainsi cet imbécile n'avait pas tenu sa parole et m'avait dénoncé au mage suprême.

— Je serais partie demain matin Solar, je ne te causerai plus de problème.

— Yacius m'en a parlé. Tu lui as brisé le cœur, le pauvre. Lui qui croyait avoir enfin trouvé une favorite à sa hauteur. Tu sais, il est le plus jeune d'entre nous. Je le connais depuis qu'il a dix ans. J'ai vu grandir ce gosse, et, en trois cents ans, je me suis beaucoup attaché à lui. Plus qu'un ami, il est comme mon fils.

— C'est mieux comme ça.

—Non, c'est dommage. Tu as énormément de talent ma fille.

Il s'éloigna sans attendre de réponse, et je restais bouche bée. Il s'installa au centre de la pièce et tout le monde se tut. Contre toute attente, il nous invita à nous rendre à l'extérieur du Temple, ce que nous fîmes, curieux.

Le soleil pâle de l'après-midi m'éblouit. J'avais passé beaucoup trop de temps enfermée dans les bâtiments sombres et je me rendis compte que j'avais un besoin vital d'air pur. Je respirai à fond et le froid me brûla la gorge. Les six autres mages s'étaient rassemblés sur une estrade et nous prîmes place autour d'eux.

Je cherchai Yacius, mais ne vis que sa capuche recourbée sur son visage. J'étais encore sous le choc des paroles de Solar. Je ne savais plus trop où j'en étais. Devais-je partir et retrouver ma vie d'avant ? Retrouver Sybil ? Ou bien rester au Temple et devenir la magicienne docile qu'ils désiraient ? Rester avec Yacius ?

— Mages, disciples, vétérans. Vous avez déjà assisté à de nombreuses séances de création. Aujourd'hui, nous tentons quelque chose de nouveau. De spectaculaire. Nous repoussons nos limites.

Tous l'écoutaient avec attention. Qu'avaient-ils l'intention de produire ?

— Aujourd'hui, comme chaque semaine depuis trois cents ans, nous créons la vie.

Il rabattit sa capuche sur son crâne chauve pour se concentrer, comme je l'avais fait quelques heures plus tôt, et tendis les bras pour recevoir l'énergie de ses frères. Chacun des six autres mages, selon un rituel bien connu, plaça ses deux mains l'une contre l'autre, doigts contre doigts, et tendirent leur magie vers leur chef. L'énergie déferla et s'accumula autour de lui dans une lumière aveuglante. C'était prodigieux.

Des nuages sombres s'accumulèrent soudain au-dessus de nos têtes. J'entendis le grondement du tonnerre et des éclairs strièrent le ciel. Cependant ils étaient tous dirigés vers un seul point de chute : Solar. Sur l'esplanade recouverte par les habitants du Temple, la terre se mit à trembler. Des arbres jaillirent soudain du sol et grandirent instantanément. Nous fûmes alors bientôt entourés d'une forêt. La création du noisetier pendant le cours de Fogan, qui nous avait pourtant demandé tant d'efforts, me parut bien dérisoire à côté de ce prodige.

Maîtrisant à merveille sa magie, Solar baissa bientôt les bras. Le ciel s'éclaircit et la tempête se dissipa. Disciples et vétérans admiraient l'œuvre créée avec enthousiasme. Non seulement ils avaient conçu une forêt, mais j'entendais déjà des oiseaux piailler dans les branches. La vie habitait ces bois magiques. Des applaudissements fusèrent de toute part, et les Sept se retirèrent humblement. Cette prouesse les avait forcément épuisés.

Je n'avais aucune envie de dîner dans la salle commune et priai Fleur de m'apporter mon repas, en veillant à ce qu'elle supervise chaque étape de la fabrication et s'assure que, cette fois, je ne risquais pas d'être empoisonnée. Je commençai à m'impatienter de ne pas voir arriver Yacius lorsqu'il frappa enfin à ma porte et entra.

— Puis-je espérer passer une dernière nuit avec toi ?

— Si tu laisses de côté cet air malheureux de chien battu. Il ne te va pas au teint.

Il s'écroula dans le fauteuil. Il était visiblement épuisé par la séance de création. Ivy vint le renifler et il caressa tendrement son pelage doux.

— J'ai entendu parler de tes prouesses dans la tour est.

— Crevan n'est qu'un imbécile.

— C'est Bushan qui me l'a raconté. Il n'en avait pas l'intention. Disons que je lui ai un peu forcé la main. J'ai bien compris qu'il te portait une grande admiration.

— Qu'est-ce que tu lui as fait ?

— Tu t'inquiètes pour lui ?

— J'en ai assez de ta jalousie possessive Yacius ! Je ne t'appartiens pas !

— Je suis trop fatigué pour me disputer avec toi Sana. Je n'ai pas fait de mal à Bushan, si cela t'inquiète tant. C'est mon fils tout de même. Tu peux aller le retrouver s'il est meilleur amant que moi.

— Tu es vraiment con Yacius !

— Je pourrai t'obliger à rester ici, avec moi.

— Je ne crois pas, non. Surtout vu ton état.

— Tu as apprécié le spectacle ?

— C'était … fascinant.

— Alors reste. Tu en verras plein d'autres. Tous les jours, si tu le désires, je créerais pour toi.

D'un geste ordinaire, il fit apparaître sur la table une longue traînée de fleurs sauvages. Je le fixai dans les yeux. Il avait l'air désespéré.

— J'ai dit que je partais Yacius, pas que je n'allais pas revenir. Laisse-moi juste le temps de régler mes affaires.

Il sourit légèrement.

— D'accord.

— Si tu as l'intention de profiter de moi toute la nuit, il va falloir que tu reprennes des forces.

Je posai ma main sur son torse et fermai les yeux. Mon béalion s'illumina et la magie parcourut nos deux corps. Je frissonnai de plaisir en sentant sa main caresser ma cuisse, me posai sur ses genoux et l'embrassai avec fougue. Subjugué par le désir, il se hâta de retirer son pantalon et me prit avec une ardeur retrouvée sur le fauteuil. Après avoir joui, il avait retrouvé un vrai sourire.

— Je ne veux plus jamais posséder aucune autre femme que toi, Sana.

Nos ébats durèrent toute la nuit. Quand je m'endormis au petit matin, j'étais à la fois épuisée et comblée.

CHAPITRE 12 : LE CADAVRE DU PERRON

La douceur de ses caresses et de ses baisers me réveilla. J'étais aux anges. Je sentis ses bras puissants derrière moi me serrer contre lui et son sexe durcir. Alors qu'il s'apprêtait une nouvelle fois à s'introduire en moi, nous fûmes interrompus par un cognement.

— J'avais pourtant ordonné à Fleur de ne pas nous déranger, soupira Yacius.

Sans qu'on ne l'autorise, la porte s'ouvrit, non sur ma servante, mais sur mon père. Je lus sur son visage la surprise de trouver son ami nu dans mon lit. Ivy, réveillée par l'intrusion et sentant mon exaspération, se planta en grondant devant Solar, les crocs sortis.

— Couchée, Ivy ! ordonna Yacius avec une telle fermeté que j'en étais presque jalouse.

À ma grande surprise, la louve obéit et s'allongea au pied du lit.

— Je dois discuter avec vous. Habillez-vous, je vous attends dans mon bureau.

Il claqua la porte si fort que le vase posé sur ma console manqua de tomber.

— Que veut-il à ton avis ? A-t-il l'intention de retarder mon départ ?

— Aucune idée. Allons écouter le précieux discours de beau-papa ! Je passe par ma chambre pour me débarbouiller et te retrouve en bas.

Je souris à son intervention moqueuse tandis qu'il déposait un baiser sur mes lèvres. Je l'observai partir et restais un moment, songeuse, dans le lit de nos ébats. Son odeur imprégnait encore les draps. Il venait de me quitter, et, cependant, il me manquait déjà. Jamais encore je n'avais ressenti un tel attachement pour un homme. Fleur arriva peu après pour m'aider à m'habiller. Elle apportait également un beau morceau de viande pour Ivy.

— Alors, Sana, bien dormi ? demanda-t-elle innocemment.

— Tu as quelque chose à me demander, Fleur ?

— Je ne voudrais pas paraître indiscrète …

— Je sais que tu aspirais à partager la couche de Yacius, j'espère que tu n'es pas fâchée.

— Moi ? Non, non, non, Sana ! N'ayez crainte ! Avec maître Yacius, vous formez un si beau couple !

— Un couple ? N'exagérons rien, nous avons juste passé quelques nuits ensemble ...

Elle coiffait mes cheveux avec tant d'application qu'ils étaient plus lisses que si l'eau coulait dessus.

— Et alors ?

— Alors quoi ?

— Son talent est-il à la hauteur de sa réputation ?

— Qu'est-ce que tu as entendu ?

— Il paraît qu'il est très doux, que ses mains connaissent parfaitement les moindres recoins du corps d'une femme, et que son membre est de taille …

— Merci Fleur, j'ai compris. Qui raconte cela ?

—Oh, des anciennes conquêtes, des filles sans importance.

— Une fille des cuisines ?

— Oh, celle-là ! Akely ! Quelle peste ! Mais après la colère du mage bleu, elle n'est pas prête de remettre les pieds ici.

— La prochaine fois que l'une de ces traînées ouvre la bouche, tu viendras discrètement me le rapporter, et je m'en occuperai personnellement.

Fleur rit et lâcha enfin ma chevelure pour se diriger vers mon coffre à robe.

— J'ai nettoyé la belle robe bleue, elle plaît à votre amant je suppose ?

— Allons-y pour la bleue.

— Mais, quand même, est-ce que …

— Oui, Fleur, c'était bien.

— J'en étais sûre !

Une fois habillée, je me dirigeai vers l'étage inférieur. Parvenue vers la salle de création, je croisai Xérios. Nerveux, il se dandinait d'un pied sur l'autre.

— Tu attends quelqu'un ?

— Oui, toi.

— Tu viens toi aussi m'empêcher de partir ?

— Ce n'est pas pour ça, Sana. Il paraît qu'on a trouvé un cadavre devant la porte.

— Comment ? Un cadavre ? Et tu penses que c'est moi ?

— Non … mais … je voulais juste m'assurer … que tu n'avais pas de problème …

— Pour ton information, Xérios, j'ai passé la nuit avec Yacius, et j'ai arrêté de tuer des apprentis … pour l'instant …

— Dis donc, Xérios, tonna la voix de mon amant derrière nous, encore en train de traîner autour de ma favorite ?

— Non, non, maître Yacius … répondit l'autre, penaud en baissant les yeux.

Fier de lui et de son pouvoir, le mage bleu passa devant nous sans un regard en direction des bureaux.

— Amène-toi Xérios, murmurai-je.

— T'as finalement accepté d'être sa favorite ?

— Ça, c'est ce que je lui laisse croire. Je retourne à Kadhrass tout à l'heure, comme prévu.

— T'es pas bien ici ?

— T'es sérieux là ? T'as l'impression qu'on m'a accueillie à bras ouverts ? On a même essayé de m'empoisonner ! Et puis toutes ses règles ! Chez moi, au moins, je peux faire ce qu'il me plaît sans avoir les maîtres sur le dos.

Je déboulai à la suite de Yacius, ma louve à mes côtés, Xérios à mes basques, dans le bureau de mon père. Il était assis, plutôt affalé, dans son fauteuil.

— Donc, si j'ai bien compris, un homme est mort, et tu demandes à me parler. As-tu l'intention de m'accuser Solar ? Dois-je vraiment te rappeler avec qui j'ai passé la nuit ?

— Sana, assis-toi.

— Je suis très bien debout !

— Le cadavre que les livreurs ont trouvé ce matin sur le perron n'est pas celui d'un homme.

Sa remarque me fit l'effet d'une douche froide. J'avais soudain peur de comprendre. J'acceptai finalement sa proposition et me laissai tomber sur le banc face à lui.

— C'est une jeune fille, et son corps a été affreusement mutilé.

— De quelle couleur était son bracelet ? articulai-je avec difficulté.

— Vert.

Avec soulagement, j'entendis qu'il ne s'agissait pas de Sybil. Mais Scarlett ? Notre Scarlett ? Pourquoi elle ? Elle qui était si douce, si prévenante, elle prenait soin de nous. Ivy sentit mon chagrin et entreprit de me lécher les doigts pour me réconforter. Yacius posa une main affectueuse sur mon épaule. Un profond sentiment de désespoir s'abattit sur moi, et, malgré moi, des larmes commençaient à couler de mes joues. Lucretia n'avait jamais été affectueuse, je me rendais compte aujourd'hui que notre grande sœur Scarlett avait été la seule à nous dispenser un peu d'amour.

Je me souvins d'une nuit où une tempête faisait rage et où je n'arrivais pas à m'endormir. Sybil n'était pas encore chez nous et Jezebel faisait exprès de murmurer des horreurs pour m'effrayer. Scarlett était alors montée s'allonger près de moi, m'avait pris dans ses bras et avait chanté de douces berceuses jusqu'à ce que je m'endorme. J'avais échoué. Si seulement j'étais rentrée hier, au lieu de batifoler toute la nuit avec Yacius ...

— Où est-elle ?

— Au sous-sol.

— Je veux la voir.

Solar acquiesça et nous le suivîmes dans le dédale de couloirs des souterrains. Après plusieurs jours passés ici, je ne parvenais toujours pas à m'y repérer. Nous entrâmes dans une pièce que je n'avais jamais visité auparavant. L'atmosphère y était glaciale, et pour cause, il s'agissait d'une chambre mortuaire. Sur les deux premières tables, je reconnus les apprentis que j'avais assassiné à mon arrivée. Sur la troisième, je découvris la grande fille filiforme qui avait partagé ma vie. Elle était méconnaissable. Ses cheveux avaient été arrachés par touffes entières, des ecchymoses et des morsures parsemaient son corps allongé nu. Une coupure profonde gisait sur sa cuisse pâle. Je m'effondrai en larmes, tandis que Xérios vomissait ses tripes. Ivy, ressentant mon désarroi, gémit en me reniflant les doigts à la recherche d'une caresse.

— Pourquoi Scarlett ? Tout cela n'a aucun sens ! Et pourquoi ici ?

— Où se trouvaient les deux premières victimes, Sana ?

— Jezebel était accrochée à la fontaine de la place du marché où je me rends tous les jours, et Granger déposée dans la forêt où je chasse.

Les deux mages échangèrent un regard inquiet.

— Des offrandes, conclut Yacius.

— Qu'entends-tu par-là ?

— Le tueur t'offre ses victimes. Cela ne fait aucun doute. Il les place en évidence de manière à ce que tu les découvres. C'est comme un rituel.

— Mais pourquoi à moi ? demandai-je, terrifiée.

— C'est forcément quelqu'un que tu connais, quelqu'un qui t'admire… c'est sa façon de te prouver son attachement.

Derrière nous, Xérios continuait de vomir. Solar écoutait attentivement la théorie du mage bleu sans intervenir.

— Personne ne m'apprécie à Kadhrass.

— Et parmi les filles avec lesquelles tu vis ? Qui reste-t-il ?

— Lucretia, fille de Fogan, Rosadriah, fille de Kaxas, et Sybil, fille… enfin, ta fille.

— Laquelle est la plus attachée à toi ?

— Je vois où tu veux en venir, Yacius, mais tu te trompes ! Sybil est incapable de faire du mal à qui que ce soit, elle est la gentillesse incarnée ! Elle est sensible, affectueuse, et totalement pacifiste !

— Nous devons aller vérifier.

— Nous ?

— Je ne vais certainement pas te laisser t'y rendre toute seule ! C'est beaucoup trop dangereux !

— Je vous aurais bien accompagné, mais …

Nous nous tournâmes tous les trois vers le pauvre Xérios blanc comme un linge. Il avait apparemment besoin de me montrer lui aussi son attachement par une envie subite de me rendre service.

— En fait, j'ai besoin de toi, ici, Xérios. Ma servante Fleur est une jeune fille fragile, et je ne permettrais pas qu'on lui fasse du mal en mon absence. Peux-tu la surveiller ?

— Bien sûr Sana, tout ce que tu voudras !

Il était sincèrement soulagé que je ne l'emmène pas et que je lui confie une tâche importante.

CHAPITRE 13 : NARLAMAË

Alors que nous sortions du Temple, Yacius aperçut la charrette de deux livreurs. Ils acceptèrent de nous transporter jusqu'au pont. La descente fut donc bien moins fatigante que la montée. Durant mon séjour à l'intérieur, le temps s'était montré froid, mais clément. Il n'avait pas reneigé et un soleil pâle illuminait le ciel bleu clair. Assise dans le chariot au milieu des marchandises, blottie contre ma louve, je me laissais aller au ballottement des roues sur le sentier caillouteux, mais je n'étais pas sereine. Face à moi, le mage bleu était, lui aussi, bien silencieux et préoccupé.

J'avais l'impression qu'une éternité s'était écoulée depuis mon arrivée au Temple. Mon séjour chez les mages me faisait l'effet d'une parenthèse lumineuse dans la noirceur de ma vie. Retourner chez moi, à Kadhrass, me donnait l'impression d'un cruel retour à la réalité. Je m'interrogeai sur l'avenir : si je parvenais, grâce à Yacius, à démasquer le coupable des meurtres sanglants, que ferai-je ensuite ? Allais-je retourner au Temple avec mon amant ? Deviendrai-je sa favorite à plein temps jusqu'à ce qu'il se lasse de moi ? Continuerai-je à m'entraîner pour apprendre à canaliser ma magie ? Ou bien retournerai-je auprès de ma douce Sybil ? Le mage bleu me coupa de mes pensées.

— À quoi penses-tu ?

— Je réfléchis au sens de ma vie.

— Vaste question !

— Et toi Yacius ? T'arrive-t-il de réfléchir au sens de tout ça ? Voilà trois cents ans que tu foules cette terre, n'en n'as-tu pas assez ? N'as-tu jamais eu envie de voir autre chose ?

— Quand nous avons créé Kadhrass, avec les autres mages, nous nous sommes engagés à faire vivre et prospérer cette idée. Nous sommes liés à elle, nous avons le devoir de veiller sur notre création et ses habitants. Je ne peux pas partir. D'un côté, le Temple nous offre protection et sérénité, mais de l'autre, nous nous sommes faits nous-mêmes prisonniers de notre serment.

— Mais tu retournes une fois par an à Narlamaë, non ? Comment est-ce ? Raconte-moi !

Alors mon amant me raconta cette vie que je n'avais jamais connue. Narlamaë était une très ancienne cité, dans la vallée de Laguiel. Elle était façonnée par les pierres blanches du Mont Orage. Au centre, la rivière d'Alenzieu séparait la rive est de la rive ouest. La cité était immense, divisée en plusieurs quartiers. Au centre, se trouvait le quartier principal qui regroupait les principaux bâtiments administratifs comme la maison du gouverneur, le tribunal et le temple. C'était un secteur extrêmement luxueux et bien entretenu, agrémenté de jardins et de fontaines. Plus loin en amont se trouvait le quartier du port et des docks, mais Yacius ne s'y rendait que rarement.

Il était né sur la rive ouest, dans le quartier populaire des marchands. Il était le fils d'un tailleur. Son père avait eu bonne réputation, et il avait eu une enfance heureuse et choyée parmi ses frères et sœurs et sa mère. Hélas, un accident avait arraché le paternel à la famille et ils s'étaient retrouvé bien vite sans le sou, alors que Yacius n'avait qu'une dizaine d'années. Condamné malgré lui à voler et mendier, il s'était retrouvé un soir dans le quartier malfamé du nord de la ville.

C'est là qu'il avait rencontré Solar. C'était un jour sombre de la dixième lune. Il pleuvait des cordes et Yacius errait dans les rues de la cité à la recherche de nourriture pour sa famille. Il aperçut alors un jeune homme courir, poursuivi par deux gardes. Curieux, il les suivit. Le garçon se retrouva malheureusement coincé dans une ruelle sombre qui était un cul-de-sac. Yacius eut pitié de lui et fit diversion en jetant des pierres aux soldats afin qu'il puisse s'échapper. Quelques mètres plus loin, l'autre le retrouva et se présenta. Il s'appelait Solar.

À l'époque, il était déjà le chef d'une petite bande, constituée de Cazad, Sigrim, Demien et Fogan.

Cambriolages, vols, agressions …

Les Démoniaques faisaient régner la terreur dans le quartier. Naturellement, le petit Yacius fut accepté dans l'équipe et on lui confia des missions de plus en plus périlleuses. Cinq ans plus tard, ils avaient déjà écumé une bonne partie de la ville et s'étaient constitué une sordide réputation. Kaxas l'apothicaire, s'était joint à eux. Il maîtrisait à la perfection poisons et antidotes.

Le pouvoir de Solar sur les quartiers est ne lui suffisait plus. Il souhaitait à présent s'attaquer au cœur même de la cité. Cazad et Sigrim étaient très favorables à ces nouvelles idées, tandis que Kaxas était plus réticent. Il fut décidé de s'introduire dans la demeure du gouverneur. L'attaque avait été soigneusement préparée pendant des semaines, après des jours de surveillance et d'espionnage.

Cependant, à cause de la concupiscence de Cazad qui s'en prit à la fille du gouverneur, tout dérapa. L'affrontement se conclut par la mort de trois gardes et l'incendie de la maison dont la fille et la femme du gouverneur gardèrent des séquelles. L'homme était hors de lui et déploya tous les moyens à sa disposition pour traquer les Démoniaques. Il ne leur restait plus qu'à fuir.

À contrecœur, ils quittèrent l'agréable cité afin de s'enfoncer dans les montagnes. Leur errance dura plusieurs jours et ils commencèrent à être en manque de nourriture. Le froid hivernal s'installait sur la région et, une nuit, ils furent contraints de s'abriter dans une grotte. L'endroit étincelait étrangement d'une lumière bleutée. Lorsque Solar s'approcha de la paroi, une décharge lui parcourut le bras. C'est ainsi qu'ils découvrirent l'existence et la puissance du béalion.

Pendant des mois, ils s'appliquèrent à créer la vie sur cette montagne obscure, et à fabriquer les prémices d'un Temple dédié à la magie. Il apparut rapidement que la puissance de Solar était largement supérieure à celle des autres. Une année s'était quasiment écoulée lorsqu'ils décidèrent, forts de leur magie, de retourner à Narlamaë afin de prendre des nouvelles de leurs proches. Yacius découvrit que sa mère était morte et décida de ramener ses cinq frères et sœurs avec lui, mais ils refusèrent, honteux de ses agissements. Ce fut la dernière fois qu'il les vit. Les autres mages choisirent d'emmener chacun une femme pour les accompagner dans leur nouvelle ville. Ainsi fut fondée Kadhrass, trois cents ans auparavant.

— Et si on s'enfuyait, Sana ? Juste toi et moi. On ne dit rien à personne, on descend à Narlamaë et embarque sur un bateau vers l'inconnu.

Je fus tentée un instant d'accepter sa proposition.

— Pourquoi pas … mais nous avons tous les deux des obligations. Tu as tes apprentis au Temple, et moi j'ai Sybil. Ils comptent sur nous.

— Tu fais preuve de bien plus de sagesse que moi malgré ton jeune âge …

— Toutefois, je ne dirais pas non à une petite escapade à Narlamaë. J'aimerais découvrir d'où vient ma mère.

— C'est promis Sana, quand toute cette histoire de meurtres sera finie, je t'emmène là-bas.

CHAPITRE 14 : LA PIERRE NOIRE

Nous arrivâmes bientôt en vue du pont de pierres que les chevaux n'étaient pas capables de traverser. Nous aperçûmes sur la rive en face un autre groupe de livreurs près à réceptionner les denrées dans une autre carriole. Yacius eut pitié des pauvres bougres condamnés à effectuer plusieurs traversées, les mains chargées, sur le sol glissant afin de transvaser leur cargaison. Plaçant ses deux bras en avant, il utilisa l'énergie du béalion pour transporter le tout en un instant de l'autre côté. Les travailleurs, ravis, nous offrirent sur leurs réserves personnelles une grosse miche de pain, deux cuisses de poulet et une bouteille de vin. Nous les laissâmes repartir et nous installâmes au pied d'un arbre sur un tapis de mousse sec pour nous restaurer. Je n'avais pas très faim, mais le mage insista pour que je reprenne des forces : aucun de nous ne savait ce qui nous attendait à Kadhrass.

Je me glissai ensuite entre les jambes de Yacius, adossé contre le sapin et posai ma tête sur sa poitrine, légèrement grisée par l'alcool. Le soleil réchauffait mon visage tandis que je sentais ses poumons tranquillement se gonfler puis se dégonfler sous ma nuque. Ivy était partie vagabonder dans les bois en quête de grand air et de nourriture.

— Tu préfères Rylf ou Bushan ?

— Drôle de question. Les deux sont mes fils, je n'ai pas de préférence. Bushan est un très grand mage, il fait ma fierté. Quant à Rylf, il est encore jeune, mais ses débuts sont prometteurs d'après Demien.

— Et leurs mères ?

— Je ne sais pas ce que tu penses de Bushan, mais il est beaucoup plus vieux que son apparence n'indique ! Il a presque cent ans. Sa mère est morte depuis longtemps. Quant à Rylf, la sienne ne désirait pas rester au Temple, elle est repartie à Kadhrass. Je crois qu'elle a fini prostituée dans un bordel.

— Quelle vie … ça fait rêver.

— Aucune des deux ne t'arrivait à la cheville.

— Évidemment.

— Alors, que comptes-tu dire à Sybil ?

— Comment ça ?

— Pour nous deux.

— Rien de spécial.

— J'ai bien compris que c'était elle qui t'attendait à l'extérieur, c'est pour elle que tu es venue chercher des réponses au Temple.

— Tu es jaloux Yacius ?

— Ne devrais-je pas l'être ? Ne m'as-tu pas choisi justement parce que ma fille me ressemble ? Parce que je te rappelle son visage ? Et comment va-t-elle le prendre à ton avis ? Que tu couches avec un homme ? Son père de surcroît ?

— Elle sait pertinemment que je ne me suis jamais donnée à un homme de mon plein gré, et que, si je l'ai fait avec toi, c'est que j'en avais envie, voilà tout. Elle me connaît, elle sait que j'agis de manière impulsive, selon mes désirs.

Pour lui prouver mes intentions, je me retournai vers lui et l'embrassai avec passion. Il créa alors, grâce à sa magie, une bulle transparente de cette étrange matière que j'avais vue dans le jardin potager afin de nous protéger du froid. Il m'allongea ensuite sur le tapis de mousse et souleva délicatement ma jupe pour me caresser. Il défit sa ceinture et s'insinua entre mes cuisses. Le plaisir nous submergea une fois encore. Après plusieurs nuits passées avec lui, je commençai à connaître chaque recoin de corps. Je devinai les zones qui l'excitaient, celles qui le rendaient fou de désir, celles où passer avec mes mains, mes seins, ma bouche. Les gestes avec un homme n'étaient pas si différents que ceux que j'avais avec Sybil. Je savais aussi bien comment me faire plaisir et chacune de nos relations m'entraînaient vers des orgasmes incomparables.

Ivy était revenue et il était grand temps de nous remettre en route. Yacius me proposa d'assembler nos magies pour créer deux chevaux. Face à lui, les yeux fermés, je me concentrai sur ses indications et sa voix. Nous n'étions que deux, et non sept comme le prévoyait les rituels de création, mais nos puissances étaient largement supérieures à celle des autres apprentis. Toutefois, cette expérience me vida momentanément de mes forces. J'étais heureuse d'enjamber une magnifique jument de trait légère à la robe blanche. La monture de Yacius était de couleur aubère.

Nous chevauchâmes à cru à bonne allure. Je n'avais pas souvent eu l'occasion de monter à cheval, mais ma jument, créée avec ma propre magie, m'obéissait aveuglément. Ivy courrait à grande enjambée derrière nous, ravie de pouvoir se dégourdir les jambes. L'excitation de cette chevauchée me redonna de l'énergie. Nous parvînmes en vue de la cité en fin d'après-midi. Yacius estima qu'il était plus prudent pour deux mages du Temple accompagnés d'une louve d'éviter la place fréquentée du marché. La capuche de nos capes rabattue sur la tête, nous atteignîmes par les petites rues quasi-désertes des arrières de Kadhrass la demeure de Lucretia à la tombée de la nuit.

J'appréhendai la réaction de mes sœurs à la nouvelle de la mort de Scarlett, et surtout, à la vue du nécromancien qui m'accompagnait. De l'extérieur, aucun bruit ne nous parvenait. Lorsque j'ouvris la porte, Lucretia et Sybil étaient silencieusement assises sur un banc, occupées à préparer des potions. Lorsqu'elle me vit, ma petite blonde me sauta dans les bras.

— Sana, je pensais que tu étais morte ! J'ai eu si peur !

Elle recula soudain, effrayée, en apercevant son père.

— Pourquoi as-tu ramené un mage ici, Sana ? As-tu perdu la tête ? s'énerva notre hôtesse.

— Yacius n'est pas notre ennemi Lucretia, il est venu pour nous aider.

— Tous les mages sont nos ennemis !

— Non, ils m'ont bien accueillie au Temple, j'ai été bien traitée et, regarde mon pendentif, ils m'ont offert du béalion !

— Quelle naïveté ! Ils se servent de toi pour nous atteindre ! Sais-tu que Scarlett aussi a disparu ?

— Oui, Lucretia, nous l'avons retrouvée … je suis désolée…

Notre aînée s'affaissa sur le banc. Sybil se posa derrière elle et l'entoura de ses bras réconfortants. Yacius nous observait, silencieux. Il analysait chacune de leur réaction.

— Où était-elle ?

— Devant le Temple.

— Ah, tu vois ! Et tu oses me dire que les mages n'y sont pour rien !

— Nous n'y sommes pour rien ! Solar m'a chargé d'enquêter

pour comprendre ce qui se passe ici, que cela vous plaise ou non.

— Comment va Rosadriah ?

— Pas très fort. Mais que fait cette louve dans la maison ?

— J'ai créé Ivy lors d'un rituel. N'ayez crainte, elle ne vous fera rien.

Ma créature se coucha comme à son habitude près du feu, haletante après une après-midi de course frénétique. Je montais sur la plate-forme où reposait mon amie, suivie de Yacius. Elle était allongée dans son lit et transpirait à grosses gouttes. Sa respiration était lente et difficile. Ses yeux peinaient à rester ouverts. Sa santé s'était nettement dégradée depuis mon départ.

— Ah, salut Sana, tu es rentrée ? Cette robe est magnifique, à qui l'as-tu volée ? parvint-elle à articuler avant de tousser.

— Elle appartenait à ma mère. Comment tu te sens ?

— J'ai connu des jours meilleurs.

— Rosa, je te présente Yacius, c'est l'un des Sept.

— Le père de Sybil.

— Oui, il va t'examiner, si tu le veux bien.

— Au point où j'en suis ...

Yacius s'agenouilla près de la jeune fille et posa la main sur son front brûlant, prit ensuite son pouls à son poignet, avant d'être soudain attiré par une lueur au fond de ses yeux.

— Sana, regarde.

— On dirait, une tâche noire ? C'est étrange ! Quelle maladie est-ce ?

— Ce n'est pas une maladie. Aide-moi à la transporter en bas.

J'acquiesçai sans comprendre et soutins mon amie par l'épaule. Le mage ordonna qu'on libère la place sur la table et allongea Rosa dessus. Lucretia bouillonnait mais se retint de tout commentaire par peur des représailles.

— Le béalion, celui qui créé la vie à Kadhrass depuis trois cents ans, a la teinte bleue-verte que vous connaissez bien. Or, il existe aussi du béalion noir, sous la forme de petites pierres qui se glissent entre les autres et qui ont l'effet contraire. Lorsque vous avez joué aux apprenties sorcières au fond de votre grotte, Sana a assimilé le béalion vert, mais vous avez également libéré du noir qui s'est visiblement incrusté dans le corps de Rosadriah. C'est ce qui la rend malade.

— Tu lui as parlé du gisement !

— Ça suffit Lucretia ! N'as-tu pas entendu ce qu'il vient de révéler ? C'est notre faute si Rosa est dans cet état ! Nous n'aurions jamais du tenter ces expériences sans en connaître tous les rouages et les conséquences !

— Et attendre de crever de faim pendant qu'eux se prélassent dans le luxe ? Enfin, Sana, je ne te reconnais plus ! Comment peux-tu prendre son parti ?

— Trois d'entre nous sont mortes !

J'avais une fois de plus négligé la puissance de ma colère, elle me submergea et mon béalion brilla plus intensément. Dans un geste d'agacement, je projetai mon aînée en arrière et elle s'écroula à terre. Consciente de mon erreur, je me précipitai vers elle pour la soulever.

— Oh ! Pardon, pardon Lucretia, je ne voulais pas …

— Lâche-moi ! Si tu crois tellement en ton mage, dis-lui de soigner Rosa, puis disparaissez de ma vue, tous les deux ! Je ne veux plus jamais te voir ici !

J'implorai Yacius du regard. Il avait visiblement choisi de nous laisser régler nos différends sans intervenir.

— On peut la guérir, mais je n'y arriverai pas tout seul. Je te préviens, extraire le béalion noir d'un vivant est éprouvant.

— Je suis prête.

Il m'invita à prendre place face à lui, chacun d'un côté de la table. Nous positionnâmes nos paumes à quelques centimètres au-dessus du corps.

— Ferme-les yeux, Sana, et concentre-toi. Le béalion noir émet une énergie que nous devons capter. Une fois détectée, nous l'aspirerons hors du corps. Mais, elle ne se laissera pas faire. Si tu sens le mal t'envahir, ne succombe pas. Pense à quelque chose d'agréable. Surtout, Rosa, quoi qu'il se passe, ne bouge pas.

Sybil te maintiendra la tête et Lucretia les jambes. Ne la lâchez pas !

J'acquiesçai. Je me sentais terriblement coupable et souhaitai plus que tout guérir ma compagne, surtout après la mort des trois autres. Chacune se positionna et le rituel commença. Je fermai les yeux afin de sentir la puissance malfaisante. Mes mains parcourait le corps de la jeune fille. Parvenue au niveau de son cœur, je ressentis la présence d'une force maléfique. Les doigts de Yacius me frôlèrent. Ensemble, nous entreprîmes d'absorber le mal ; je fus soudain assaillie de pensées négatives, de mort, de tristesse et de douleur. Le mage saisit mon poignet et je le sentis caresser mon tatouage, le tatouage de notre première nuit, celui qui me liait à lui pour l'éternité.

Sa présence me redonna des forces et prit le dessus sur l'énergie malsaine. Rosa cria soudain quand une vapeur s'arracha de son corps. Elle se cambra et se contorsionna tandis que Sybil et Lucretia s'agrippaient de leur mieux pour la maintenir. La fumée se concentra au-dessus d'elle en formant une pierre noire. Puis la roche tomba à terre, et ce fut terminé. La malade s'assit sur la table. Sa fièvre avait miraculeusement baissé. Elle avait repris des couleurs et une respiration paisible.

— C'est prodigieux … chuchota-t-elle.

J'étais épuisée et m'écroulai sur le banc. Face à moi, Yacius semblait lui aussi exténué. Il ramassa cependant la pierre noire et la glissa dans sa poche. Rosa me tomba dans les bras et nous couvrit d'éloges et de remerciements, ce qui n'était jamais arrivé entre nous.

— Je vous aurais bien préparé quelque chose à manger pour fêter ça, proposa Sybil, mais, comme tu n'étais pas là, Sana, personne n'est allé chasser et …

Avec ses dernières forces, Yacius balaya la table de grands mouvements circulaires et des fruits et des légumes apparurent. Sa fille, les yeux brillants à l'idée d'un bon repas, s'empressa d'éplucher les carottes, le poireau et le chou pour préparer une bonne soupe qui embauma bientôt toute la salle. En attendant, j'attrapai une pomme jaune bien juteuse et sucrée. Rosadriah, l'appétit retrouvé, m'imita, mais Lucretia était encore très réservée vis-à-vis du mage :

— Alors, c'est quoi ce tatouage Sana ?

De l'autre côté de la table, mon amant me fixa dans les yeux. C'était le moment de vérité. Je le suppliai du regard de se taire, mais il n'en n'eut cure. Je lisais dans son regard qu'il appréciait ce pouvoir qu'il avait sur moi.

— Sana est ma favorite.

Un silence pesant s'abattit sur la pièce. Sybil se figea soudain et je regrettai cette annonce soudaine sans avoir eu le temps de lui en parler avant. Je ne me considérai pas comme la favorite de Yacius, nous avions simplement passé du bon temps ensemble, et je ne savais pas encore si j'avais l'intention de retourner au Temple. Ma vie était ici.

— Ah oui ? Rien que ça ? rétorqua Lucretia, moqueuse. Et que se passera-t-il quand il se sera lassé de toi ?

— Tu ne sais pas de quoi tu parles, Lucretia, s'énerva le mage, vexé par ses accusations.

— Vous êtes tous pareils ! Des brutes insensibles !

— Yacius n'est pas comme cela !

— On croirait entendre ta mère !

Sa remarque me glaça.

— Comment ? Tu as connu ma mère ?

— Bien sûr. Elle n'en avait que pour Solar … Solar par-ci, Solar par-là, Solar est merveilleux … tellement merveilleux qu'il l'a jetée avec sa fille !

— Non, c'est Moïra qui est partie, affirma Yacius. Solar ne l'a jamais oubliée. Il l'a cherché pendant des semaines !

— À qui vas-tu faire croire ça ?

— Ce n'est pas parce que Cazad t'a rejetée au bout de quelques semaines que nous sommes tous comme lui !

— Il a pris mon fils !

— Attends un peu ! Tu étais la favorite de Cazad ? les

interrompai-je, surprise par cette révélation. Tu ne nous en as jamais rien dit !

— Alors Lucretia, tu n'as jamais révélé la vérité à tes petites protégées ? Bien sûr qu'elle était la favorite de Cazad, et Cratik est son enfant ! Elle n'a jamais supporté qu'il la délaisse !

Sidérée, je n'osai lui avouer que je m'en étais prise, à deux reprises, à son rejeton insupportable.

— Ton fils va bien, Lucretia, je l'ai vu, il est en bonne santé. C'est un mage puissant et …

— Je n'ai jamais désiré qu'il soit l'un des leurs ! Il aurait dû vivre ici, avec moi !

— Mais j'y pense, tu as vécu au Temple en même temps que Moïra ! Comment as-tu pu cacher à Sana que tu connaissais bien sa mère ?

— Quoi ? Mais tu as toujours dit que tu avais trouvé ma mère agonisante devant ta porte, que tu ne savais rien d'elle et que tu avais accepté à contrecœur le bébé qu'elle tenait dans les bras parce qu'elle t'avait supplié !

— Oh, Sana, ça suffit ! Tout cela est de l'histoire ancienne ! À quoi bon remuer le passé ? Tu ne vois pas que Yacius cherche uniquement à semer la pagaille entre nous ?

— Il vient de me guérir ! s'indigna Rosadriah. On pourrait au moins lui laisser le bénéfice du doute !

Nous sursautâmes au bruit d'une cuillère laissée tomber par Sybil. Elle s'excusa en marmonnant et je vis à son visage qu'elle était bouleversée. Je m'en voulais d'être responsable de son chagrin et mon cœur se serra. Rosadriah avait aussi vu notre désarroi et se leva pour l'aider à préparer le repas tandis que Lucretia se dirigeait vers la sortie.

— Où vas-tu ? lui lançai-je.

— Je ne resterai pas une seconde de plus dans la même pièce qu'un mage hypocrite.

— Ce n'est pas prudent de t'aventurer seule dehors en pleine nuit ! Et puis, tu me dois certaines explications !

— Le seul danger à Kadhrass est pour l'instant assis à notre table ! Quant aux explications, je ne te dois rien, Sana ! Sans moi, tu serais morte à l'heure qu'il est, petite ingrate !

— Ou au Temple avec mon père ! Il n'a jamais souhaité le départ de Moïra ! Je me demande bien ce qui l'a poussée à partir ! Si ça se trouve, c'est de ta faute !

Elle me jeta un regard noir et claqua la porte. Nous restâmes alors silencieux. La soupe fut prête et Sybil nous servit, les yeux rougis par le chagrin. J'étais épuisée et ne tardais pas à piquer du nez sur mon assiette. Autour de moi, des bruits de pas résonnaient dans ma tête. Je me sentis nauséeuse et luttai pour rester éveillée. Je succombai finalement à la fatigue, je m'endormis.

CHAPITRE 15 : LA PUISSANCE DE L'AMOUR

Un courant d'air me réveilla en sursaut. J'étais toujours dans la salle à manger mais n'avais aucune idée de l'heure qu'il était. Face à moi, Yacius s'était lui aussi endormi sur la table, de même que Rosadriah à mes côtés. Je pensai alors que le rituel d'extraction du béalion noir nous avait épuisé tous les trois. Quelqu'un avait posé une couverture sur mes épaules, certainement Sybil. La couche de Lucretia était désespérément vide. Dire que pendant tout ce temps elle avait les réponses à mes questions sur mes origines, mais qu'elle avait tout garder pour elle ! Qu'avait-elle à cacher ?

Je décidai de ne pas réveiller mon compagnon et de profiter de ce temps calme de la nuit pour discuter avec ma douce Sybil, la réconforter, et lui assurer mon amour. Je me glissai furtivement sur l'échelle menant à notre coin puis poussai le rideau. Je ne savais plus où j'en étais. Avec horreur, je découvris que notre lit était vide. En vitesse, je dévalai les barreaux et me précipitai vers le mage :

— Yacius ! Yacius, réveille-toi ! Sybil a disparu !

Le beau blond émergea avec difficulté et me demanda de répéter plus calmement.

— Ne panique pas, elle est peut-être juste partie chercher Lucretia.

— En pleine nuit ? Sybil est une trouillarde ! Et si c'est Lucretia qui l'avait enlevée ? Et si c'était elle la tueuse ? Elle m'en veut d'être devenue ta favorite, elle va se venger sur Sybil, c'est certain !

— Calme-toi, elle ne doit pas être loin, on va la retrouver.

Il s'apprêtait à se lever quand une idée lui vint.

— Tu dormais, toi aussi ? À quel moment me suis-je assoupi sur la table ?

— Après manger, je me suis soudain sentie très fatiguée, sûrement à cause du rituel, le béalion noir avait absorbé toute mon énergie.

— C'est étrange, ce rite n'est pas plus compliqué que celui de résurrection, et après la renaissance de Faelak, tu étais en pleine forme. Quant à moi, j'ai suffisamment d'expérience en la matière pour ne pas m'écrouler ainsi …

— Peut-être que nos prouesses de la nuit dernière t'ont affaibli plus que tu ne le crois …

Il sourit discrètement mais ne renonça pas pour autant à chercher une explication à sa soudaine faiblesse. Il prit les bols de soupe vides restés en vrac sur la table, les scruta, puis les renifla.

— Nous avons été drogués.

— Comment ?

— Tu sens cette odeur ? Quelqu'un a volontairement glissé de la passiflore dans notre nourriture afin de nous endormir. Une bonne dose.

— Pourquoi Lucretia aurait-elle agi de la sorte ?

— C'est Sybil qui a préparé la soupe, Sana …

Je ne pouvais pas le croire. Je ne voulais pas le croire. Pourtant, je me rappelai à présent que les deux nuits des meurtres de Granger et Jezebel, je dormais à poings fermés, bien plus profondément et rapidement que d'habitude. Depuis combien de temps étais-je ainsi la marionnette du meurtrier ?

— Tu racontes n'importe quoi ! Tu t'en prends à Sybil parce que tu es jaloux ! Avec ou sans toi, je vais la retrouver, et te prouver que tu as tort !

Nos éclats de voix avaient réveillé la jolie métisse de Kaxas.

— Vous comptez me laisser toute seule ici ?

— Non, bien sûr que non, Rosa, habille-toi, et viens avec moi.

— Sana, attend ! Sybil n'est vraisemblablement plus elle-même et…

— Ce n'est pas Sybil !

La puissance de mon cri se transforma en énergie qui déferla sur mon amant. Yacius fut projeté contre le mur sans avoir le temps de contrer mon attaque involontaire. Ma peur se transformait en colère et m'empêchait de réfléchir raisonnablement. Le mage bleu se releva avec difficulté et, vexé, se dirigea vers la sortie.

— Je constate que tu n'as pas besoin de moi …

Il claqua la porte et je restai un moment, interdite, à tenter de retrouver mes esprits. Au bout de quelques minutes, je partis, bien décidée à connaître la vérité, Rosa et Ivy derrière moi. Yacius ne pouvait pas avoir raison pour Sybil. Il était simplement possessif et jaloux. Il ne comprendrait jamais l'affection sincère que j'avais pour sa fille.

Le brouillard était tombé et donnait à la nuit une atmosphère fantomatique. Un cri inquiétant déchira soudain le silence. Nous nous élançâmes en direction des hurlements. La neige verglacée craquait sous nos pas. Au bout de la rue, nous aperçûmes les contours de deux silhouettes se découper dans la lumière bleue de la lune. L'une rampait sur le sol, les bras en avant, tentant vainement de s'agripper à quelque chose pour échapper à son agresseur. L'autre se tenait debout au-dessus d'elle, enveloppée d'une aura noire, et la rouait de coups avec acharnement.

Une angoisse me tiraillait les tripes ; mes mains tremblaient.

Même Ivy tressaillit et se glissa entre mes jambes, la queue basse.

— Qu'est ... qu'est-ce que c'est que ça Sana ? bredouilla ma compagne.

Alors que je m'approchai, je vis avec horreur le visage déformé de la femme à terre : Lucretia avait la mâchoire cassée, le nez en sang, les cheveux en bataille, ses doigts bleuis par le froid.

— Sana ... Sana ... sauve-moi ! suppliait-elle.

— Ta gueule ! hurla l'autre en lui écrasant la tête avec son pied.

Lucretia poussa un terrible hurlement et perdit connaissance. Je n'en croyais pas mes yeux : l'abominable créature leva la tête vers moi. Ses yeux étaient noirs, sa peau pâle comme la mort, ses longs cheveux blonds flottaient autour d'elle comme mués par leur énergie propre. Elle pencha la tête et effectua un rictus diabolique qui me glaça le sang.

— Sybil, mais qu'est-ce que tu as fait ? chuchotai-je.

Un rire inquiétant s'échappa de sa gorge déployée.

— Mais voyons Sana, j'ai fait tout ça pour toi. Cette garce m'a avoué que c'est elle qui avait poussé ta mère à s'enfuir pour te récupérer, car Solar n'avait pas d'autre fille, et qu'il lui fallait un enfant au bracelet noir pour accomplir un rituel de création ! Je suis sûre que c'est elle qui l'a tuée.

Je restai interdite devant ses révélations qui remettaient en cause tout ce que j'avais cru. Mon père avait raison. Yacius aussi. Ils n'avaient que chercher à me protéger, et je m'étais entêtée à croire un mensonge que Lucretia m'avait servi depuis ma naissance. Toute ma vie aurait pu être totalement différente.

— Et Scarlett ? Elle s'est toujours bien occupée de nous !

— Elle avait découvert que c'était moi et voulait venir te voir pour te mettre en garde. Mais ne t'inquiète pas, mon cœur, rien ni personne ne se mettra désormais entre nous, ni ces deux putes de Jez et Granger, ni cette menteuse de Lucretia, ni cet homme qui profite de toi.

Je n'avais même pas remarqué que Yacius avait réapparu et se tenait juste derrière moi. Je fus soulagée de constater qu'il ne m'avait pas abandonnée, malgré mon erreur. Il se tint, tétanisé, à mes côtés.

— Elle est envoûtée par le béalion noir. Attendez-moi là.

Il voulait jouer les héros, mais il n'était pas question que je le laisse se mettre en danger sans intervenir.

— Rosa, reste ici avec Ivy.

Sybil tourna lentement les yeux vers Yacius qui murmura :

— Si je te dis « je t'avais prévenue », c'est un peu déplacé là, non ?

— Arrête Sybil ! Tu n'es pas toi même !

— Tu te trompes, je n'ai jamais été autant moi-même qu'en

cet instant.

Elle tendit l'index vers le mage et une étrange boule noire en sortit. Heureusement, Yacius s'était préparé et bloqua l'attaque en croisant les bras devant lui. Il effectua ensuite un mouvement circulaire et renvoya l'énergie sur la silhouette. Elle tomba à la renverse. Il croisa alors ses index et chargea la quantité maximale de puissance qu'il pouvait mobiliser. Le monstre émit pour toute réponse un sifflement strident. Sybil était totalement envoûtée par une puissance démoniaque, et pourtant, mon cœur se serrait à l'idée de lui faire du mal.

— Yacius, attends ! On peut lui retirer le béalion noir, comme pour Rosadriah, non ?

— Sauf que Rosa était plus coopérative !

Un nouveau ricanement lugubre s'échappa du corps à terre et la chose se redressa d'un coup. Elle n'avait aucune blessure. La lumière bleue de la lune donnait à la rue une ambiance irréelle. Sybil baissa ses deux paumes grandes ouvertes en direction du sol. De la terre jaillirent soudain des centaines d'araignées grouillantes autour de nous. Elle avait, elle aussi, un pouvoir de création, mais un pouvoir diabolique.

Ignorant les arachnides, je tendis les mains vers elle et fermai les yeux. J'essayai de capter l'énergie du béalion noir mais elle me refusait l'accès. Les bestioles grimpaient le long de mes jambes et me chatouillaient tant que je finis par laisser tomber le rituel pour m'en débarrasser. Sybil profita de mon moment d'inattention pour attaquer de nouveau Yacius, mais cette fois, avec plus de rage. Il repoussa de nouveau son énergie sans dommage.

— Sale vermine, tu as cru que tu pouvais me prendre Sana ?

Je me sentis soudain attirée vers elle comme un aimant. Mes jambes refusaient de m'obéir et mes pieds glissaient sur le sol sans que je ne puisse rien y faire. Le mage tenta d'attraper mon poignet mais une force invisible l'empêchait lui aussi d'avancer. Notre ennemie était surpuissante. Ivy, sentit ma détresse, bondit alors sur elle et planta ses crocs dans son avant-bras. Ainsi déstabilisée, la monstruosité relâcha son emprise sur Yacius. Elle attrapa d'une seule main Ivy par la peau du coup et lança ma louve qui s'écrasa sur le mur d'une habitation voisine en gémissant.

Le mage, agacé, rassembla une forte concentration d'énergie entre ses mains disposées l'une face à l'autre en arc de cercle. Une lumière verte illumina un instant son visage concentré, mais attira l'attention de Sybil. Elle abandonna l'idée de me ramener vers elle et se prépara à contrer l'offensive. La boule lumineuse fondit sur elle avec une rapidité fulgurante, mais elle s'écrasa contre un mur de protection invisible autour du monstre.

Une étrange brume noire s'échappa de sa main jusqu'au cou de Yacius qui essaya, en vain, de l'esquiver. La fumée l'enserra autour du cou. Sybil traîna ainsi son père sur le sol. Occupée à récupérer ma louve, je n'eus pas le temps de riposter. Elle propulsa mon amant en l'air à plusieurs mètres au-dessus de nos têtes, continuant de l'enserrer de son monstrueux appendice.

— Ça suffit, Sybil ! Relâche-le !

— Comme tu voudras, sourit-elle.

Je réagis malheureusement trop tard. Elle projeta son père vers le sol à toute allure. Il s'écrasa à terre dans un grand cri d'horreur. Mon cœur s'arrêta. Je contemplai sans y croire le corps disloqué de l'homme étendu sur la neige. Un immense chagrin s'empara de moi. Je hurlai désespérément son nom. Des larmes dégoulinaient sur mes joues et je m'écroulai à genoux. Rosadriah s'approcha de moi et posa une main tremblante sur mon épaule.

— Relève-toi San, s'il te plaît, relève-toi, sauvons-nous… suppliait-elle de sa voix terrorisée.

— Recule, murmurai-je soudain prise d'une sorte de démence.

— Qu… quoi ?

— Recule Rosa ! ordonnai-je pour la protéger.

La colère grandissait et se répandait en moi comme un poison. Mon béalion avait pris une teinte bleu clair et brillait plus que d'habitude. Je ressentais une puissance non maîtrisée se dégager de mon corps. Je levai les yeux au ciel et de sombres nuages s'amassèrent au-dessus de nos têtes. Rosadriah avait rejoint Ivy et s'était blottie contre ma louve blessée. Sybil m'observait avec fascination. Soudain des éclairs zébrèrent l'espace.

— Ta magie est tellement belle, Sana, ensemble, nous accomplirons des miracles !

— Non, Sybil, je ne m'associerai jamais avec toi ! Ta magie est diabolique, elle sème le chaos et la mort !

— Ton attirance pour cet homme t'a embrouillé le cerveau mon cœur, c'est toi qui m'as montré le chemin du mal ! Tu n'es qu'une petite voleuse Sana, une briseuse d'homme, une criminelle !

— Le béalion noir parle pour toi, Sybil ! Pour la dernière fois, laisse-moi t'en débarrasser.

— Viens le chercher !

Par provocation, elle avança vers moi en passant volontairement sur le corps de Yacius et en l'écrasant un peu plus au passage. Elle enfonça son talon dans sa bouche. Je pris soudain conscience de l'attachement que j'avais pour lui, pour son corps, pour sa gentillesse et sa patience. Je ne pouvais tolérer plus longtemps une telle humiliation. La rage s'empara de moi et je dirigeai la foudre droit sur elle. Elle l'esquiva et l'orage tomba sur le bâtiment voisin qui s'enflamma. En m'approchant d'elle, je croisai le regard mort de Yacius, sa bouche sensuelle entrouverte, ses beaux yeux bleus éteints. Sur son bras démembré, j'aperçus le Y et le S tatoués enlacés l'un dans l'autre.

Je hurlai de fureur. Des éclairs naquirent au bout de mes doigts. D'un geste rapide, je les lançai en direction de Sybil. Dans un premier temps, elle parvint à les parer, mais plus ma puissance grossissait, plus ses protections s'affaiblissaient. Dans un ultime élan de rage, je transvasai toute l'énergie qui me restait dans les mains et la force magique déferla sur mon ennemie sans qu'elle ne puisse l'arrêter. Une violente explosion déchira le silence et pulvérisa tout le quartier. Tandis que Sybil s'enflammait devant moi et se tordait de douleurs en hurlant, je m'écroulai, épuisée et impassible. Bientôt les hurlements cessèrent et une épaisse fumée noire se dégagea du corps. C'était terminé. Je venais de perdre les deux seules personnes pour qui j'avais jamais ressenti de l'amour.

Je m'étendis, dévastée, sur le cadavre de Yacius. J'espérais plus que tout voir sa poitrine se soulever, mais elle restait désespérément immobile. Mes larmes coulaient sans que je parvienne à les contenir. Le chagrin m'envahit et j'étais incapable de bouger. J'avais la sensation que toute ma vie venait de s'écrouler, et qu'il ne me restait qu'à mourir aussi.

Soudain, je pensai au rituel de résurrection. J'étais

malheureusement la seule ici à contrôler la magie, mais je tenais à tenter le tout pour le tout. J'arrachai la pierre du pendentif autour de mon cou, retournai délicatement Yacius sur le dos et plaçai la roche sur son cœur. La chaleur intense qui m'animait fit fondre le béalion qui se répandit en liquide gluant sur son torse. Je plongeai mes doigts dedans, fermai les yeux, et concentrai ce qui me restait de force.

« *Le pouvoir du béalion ne naît pas de la colère, il doit venir de ton cœur.* », résonna la voix de Yacius dans ma tête. Je chassai le chagrin et la tristesse pour me canaliser sur mes souvenirs. Mon corps se souvint de l'odeur de son parfum, de la douceur de ces caresses, de la beauté de ses yeux, de son amour.

Un frisson électrique me parcourut soudain et je m'évanouis.

CHAPITRE 16 : PHOENIX

À mon réveil, j'étais étendue dans mon lit, celui de la chambre de ma mère au Temple. J'espérais que toute cette histoire n'était qu'un mauvais rêve, mais des douleurs me traversaient le corps et me ramenèrent bien vite à la réalité. J'aperçus d'abord Fleur, étendue près de moi. Depuis combien de temps me veillait-elle ? Ivy se redressa et se jeta sur mon lit pour me lécher le visage. Elle n'avait apparemment conservé aucune blessure du combat. Son geste réveilla ma servante qui était enchantée de constater que j'allais bien. J'avais mille questions à lui poser, et surtout, la plus importante de toutes :

— Fleur, où est Yacius ?

— Dès votre arrivée, les mages l'ont baigné dans le béalion liquide. Depuis deux jours, il récupère tranquillement dans sa chambre.

— Deux jours ?

— Vous avez dormi longtemps, Sana ! Vous avez effectué seule un rituel de résurrection, c'était extraordinaire ! Vous l'avez sauvé !

J'étais soulagée d'entendre qu'il avait survécu.

— Qui nous a amené ici ?

— Votre amie a été formidable ! Après l'explosion qui a ravagé le quartier est, c'était la débandade dans les rues. Des incendies faisaient rages, les gens hurlaient, les animaux partaient dans tous les sens ... Rosadriah a réussi pourtant à attraper vos deux chevaux en fuite, et vous a hissé dessus avec la louve. Puis elle a mené les bêtes jusqu'au Temple avec courage en cheminant toute la nuit.

— Où se trouve-t-elle à présent ?

— Son père, Kaxas, l'a pris à son service. Elle en paraît très heureuse. Pour la remercier, Solar lui a offert de magnifiques vêtements et une chambre particulière.

— Ivy n'était-elle pas blessée ?

— Si, mais votre père a tenu à la soigner lui-même avec beaucoup d'attention !

Je caressai la gueule de ma louve avec affection. Ainsi, mon géniteur avait réalisé un geste dénué d'intention envers moi. J'étais heureuse d'être ici, saine et sauve, mais je mourrai d'envie de rejoindre mon mage préféré. Fleur m'apporta d'abord de quoi me restaurer car je mourrai de faim, puis m'aida à me préparer. J'étais encore très faible et mes muscles étaient engourdis. Je pensais alors à mon ancienne compagne et les conséquences tragiques de nos expériences interdites dans la Grotte Obscure.

Mon cœur se serra aux souvenirs des bons moments que nous avions passé ensemble.

— A-t-on retrouvé Sybil ?

— D'après ce que je sais de Xérios, chargé d'aller inspecter les dégâts, il ne restait d'elle qu'un tas d'os calciné.

Intérieurement, j'étais dévastée. Je me sentais terriblement coupable de ne pas avoir vu que Sybil avait changé. Aurai-je pu la sauver ? Au lieu de ça, j'avais été obligée de la tuer. Fleur vit mon chagrin et passa une main amicale dans mes cheveux.

— Ainsi, tu as parlé à Xérios ?

— Oui … euh … je vous remercie de lui avoir demandé de veiller sur moi pendant votre absence, il s'est parfaitement acquitté de cette tâche, rougit-elle soudain. C'est un fort galant homme, bien meilleur que la plupart des apprentis.

— Je connais ce petit regard … Je savais qu'il te plairait … Et Lucretia ?

— Je suis désolée, elle n'a pas résisté à ses blessures.

Je ressentis tout de même un peu de peine pour cette femme forte qui m'avait tout appris. Elle emportait dans sa tombe les secrets de la mort de ma mère. Tremblotante, je laissai Fleur me soutenir par le bras et me guider jusqu'à la chambre voisine. Je n'y étais jamais rentrée. La superficie de cette pièce mesurait facilement deux fois celle de la mienne. Après une première partie principale où se trouvait une large cheminée, un banc, un guéridon, des coffres et des tapis richement décorés, trois marches menaient à une alcôve arrondie, éclairée par une fenêtre, où un lit démesurément grand occupait l'espace. Une délicieuse odeur d'encens parfumait la pièce. Yacius, le torse nu couvert de blessures sur ses tatouages, dormait paisiblement. Sa barbe habituellement rasée avait poussé et lui donnait un air mature. J'entrai et priai ma servante de ne nous déranger sous aucun prétexte.

À la vue de son beau visage serein, je sentis une vague d'amour me submerger. Je l'avais cru mort, j'étais parvenue à le sauver. Je sus à cet instant précis qu'il n'y aurait plus que lui, son odeur boisée, ses yeux bleus, sa bouche sensuelle, ses épaules larges et réconfortantes, ses mains puissantes et son sourire. Je m'assis à ses côtés sur des draps dorés soyeux et caressai doucement sa joue. Mes lèvres attirées par les siennes, je l'embrassai tendrement. Il ouvrit les yeux et me dévisagea avec un plaisir non dissimulé.

— Bonjour Sana, tu es réveillée ? Comment te sens-tu ?

— Mieux que toi, apparemment, mais ne t'inquiète pas, je m'occupe de te remettre vite sur pied.

Je l'embrassai de nouveau, me levai pour me débarrasser de mes vêtements et enfin me glisser sous les draps. Son corps me réchauffa instantanément. Je le couvrais de caresses et de baisers.

— Sana, tu as été tellement forte et courageuse, je ne pourrais jamais te rendre ce que tu as accompli pour moi … chuchota-t-il au creux de mon oreille.

— Ton amour me suffit, Yacius.

Nous passâmes les deux jours suivants dans la chambre sans être dérangés, vivant de notre amour et de notre magie, créant la nourriture en fonction de nos envies et de nos besoins, nous enivrant des meilleurs vins, nous délectant de caresses et de plaisir. Pour se souvenir de ce moment, mon amant tatoua sur mon dos un impressionnant phœnix rouge orangé aux ailes déployées, symbole de renaissance.

Au troisième jour, Solar osa s'aventurer dans notre antre. Yacius était parfaitement remis et avait récupéré toute sa vigueur. Mon père nous invita à l'accompagner à la salle de création où m'attendaient les autres membres du conseil. Avant de rentrer, il glissa dans ma main un pendentif.

— J'ai cru comprendre que tu avais fondu ton béalion pour le rituel de résurrection, en voici un autre que j'ai moi-même forgé dans le gisement.

J'étais extrêmement touchée par ce geste. Comme la première fois, je me plaçai au centre de leur cercle. Ma robe rouge ouverte dans le dos laissait la place à mon magnifique tatouage et je sentis les regards des mages sur moi. Même Sigrim était présent. L'atmosphère qui régnait ne m'était plus hostile.

— Sana, déclara solennellement Solar, tu nous as largement prouvé ta loyauté et ta fidélité. Tu as démontré ton honnêteté sans rien nous cacher de tes agissements, tu as délivré Kadhrass du mal qui y régnait, et, surtout, tu as ressuscité notre frère. Pour cela, nous avons tous une dette envers toi. Parle, quel qu'il soit, ton vœu sera exaucé.

Si j'avais longtemps hésité en partant du Temple sur ce que serait mon avenir, j'étais à présent parfaitement sûre de ce que je voulais.

— Ce que je demande est simple : pouvoir vivre ici car, même si j'ai passé toute mon enfance à Kadhrass, j'ai pris goût à la vie confortable du Temple.

— Tu connais nos règles. Tant que Yacius te reconnaît comme sa favorite, personne ne s'opposera à ta présence ici. Quant à vos éventuels enfants, mes petits-enfants, ils ne seront jamais chassés du Temple qu'ils soient réceptifs à la magie, ou non.

Malgré la capuche sur sa tête, je sentis le sourire sur le visage de mon amant. Les autres ne firent aucun commentaire, pourtant, cette réponse était loin de me satisfaire.

— Je me suis mal exprimée : je sais que je suis une femme, et que c'est contraire à vos lois, mais, si je reste vivre ici, ce n'est pas seulement en tant que « favorite de Yacius », mais en tant que « mage », comme l'une de vos vétérans.

Je sentis Sigrim et Cazad remuer sur leurs chaises mais aucun n'osa prendre la parole.

— Nous avons déjà débattu de ce point avant ton arrivée. Après tes prouesses, nous aurions peut-être tort de t'empêcher de développer ta magie …

J'observai mon père, perplexe, mais à la fois excitée par ce changement de direction.

— Sana, tu seras la première magicienne du Temple. Il te faudra peut-être encore apprendre à maîtriser certains sorts, mais je ne doute pas que Yacius te prêtera main forte.

J'étais stupéfaite. Je n'aurai pu espérer une meilleure décision pour mon avenir. Aucun des autres mages n'émit d'objection. Je me demandai combien de temps mon père avait du négocier cette directive et combien les discussions avaient du être houleuses !

— J'accepte cette proposition et ferai en sorte que vous ne le regrettiez pas.

CHAPITRE 17 : VIE ÉTERNELLE

Trois mois s'étaient écoulés depuis les événements tragiques qui avaient conduit à la mort de Lucretia et Sybil, et mes nuits étaient encore peuplées de cauchemars terrifiants. De plus, la vie au Temple n'était pas de tout repos. Même si la plupart des mages et vétérans me vénéraient comme la plus puissante des magiciennes, ma vision provoquait surtout de la peur et de la jalousie.

Je me réveillai une nouvelle fois aux côtés de Yacius, dans sa chambre. À l'extérieur, le soleil printanier se levait à peine. Il était encore très tôt. Mon amant dormait encore, le visage posé sur mon sein dénudé. Je caressai distraitement ses longs cheveux blonds presque blancs, comme je l'avais tant de fois fait avec Sybil. Cette pensée me crispa le cœur. Lui aussi, j'avais failli le perdre.

J'effleurai sa joue juvénile du bout de mes doigts en m'étonnant toujours de ne pas y voir la moindre ride, la moindre imperfection. Le passage du temps n'avait laissé aucune trace sur le corps de Yacius, contrairement à son âme vieille de plus de trois cents ans. Je me surpris à me demander comment je serai moi-même dans plusieurs années. Je réalisai alors que je n'avais aucune idée du sortilège utilisé par les sept mages pour obtenir la vie éternelle. Sur ces pensées, mon amant remua légèrement et ouvrit les yeux.

— Bonjour mon trésor.

Les démonstrations sentimentales de Yacius m'agaçaient au plus haut point, et il ne l'ignorait pas. Pourtant, il prenait un malin plaisir à m'affubler de surnoms ridicules juste pour m'énerver. Il avait d'ailleurs un large sourire aux lèvres.

— Tu as l'air bien songeuse ce matin …

— Je réfléchis à la manière de me venger de cette appellation abominable.

Il se tourna vers moi et m'embrassa passionnément.

— J'ai quelques petites idées sur la façon d'assouvir ta vengeance.

Je le repoussais d'un geste brusque et il roula sur le dos.

— Oui, moi aussi ! me mis-je à rire.

— Tu ne perds rien pour attendre ! repartit-il à l'assaut de mon corps.

Mais, obnubilée par la pensée d'une vie éternelle, j'eus du mal à répondre à ses baisers et ses caresses, et il s'en rendit compte.

— Que se passe-t-il Sana ? As-tu fait de nouveaux

cauchemars ?

— Je ... non, pas cette nuit.

— Alors ? Pourquoi cet air si sérieux ?

— Tu peux m'apprendre comment obtenir la vie éternelle ?

Il se figea, pris au dépourvu. Il me fixa dans les yeux afin d'y lire ma détermination, avant de détourner le regard.

— Non, répondit-il sans hésiter.

Sa réponse sèche me stupéfia. Il n'avait même pas ciller. Un sentiment de colère et d'injustice monta en moi.

— Quoi ? Mais pourquoi ?

— C'est un sortilège très difficile.

— Tu m'en crois incapable, c'est ça ? Tu as besoin que je te rappelle qui t'a sauvé la vie, Yacius ? Tu n'as pas réussi à te défaire de ta fille ! Moi, si !

— C'est très douloureux Sana.

— Et alors ? Oh, je vois ! En fait, tu n'as jamais eu l'intention de partager ton éternité avec moi ! Je suis ta petite amourette de passage, pour quelques années, mais dès que je serais trop vieille, tu me jetteras pour passer à la suivante !

— San, écoute-moi ...

— Non, je ne veux pas entendre tes excuses ! Je vais me débrouiller toute seule !

Je me levai brusquement, saisis ma robe qui jonchait sur le

sol, m'habillai du mieux que je pouvais dans la précipitation, passai ma cape noire et sortis dans le couloir en claquant si fort la porte que tout le couloir su certainement que nous nous étions disputés. J'en oubliais presque Ivy qui me suivait comme mon ombre. Ma colère m'entraîna directement vers ma chambre dont j'ouvrais la porte avec précipitation. Avec surprise, je découvris Fleur et Xérios dénudés, dans une situation bien compromettante.

Je manquai d'éclater de rire devant leurs mines honteuses et désolées. Xérios, aux joues rouge écarlate, se hâta de récupérer son pantalon, tandis que Fleur s'enroulait dans un drap.

— Sana, je suis vraiment confuse, je pensais que vous étiez avec Yacius …

— Pas de soucis, Fleur, c'est ma faute, j'aurai du frapper avant d'entrer.

— Non, non, c'est votre chambre, je suis désolée, c'est impardonnable !

— Oh, Fleur, arrête ! Vous êtes mes amis ! Ça ne me dérange pas que tu utilises ma chambre quand je n'y suis pas !

— C'est que, vous comprenez, Xérios partage un dortoir avec les autres apprentis de son coven, et moi-même je dors avec les autres domestiques …

— Et je te répète, que ça ne me dérange pas !

Xérios, à présent habillé, la tête baissée, essaya de se faufiler vers la sortie.

— Xérios ! Ramène-toi ici !

— Oui maîtresse Sana ?

Je me plantai devant lui, imposante.

— D'une, je t'interdis de m'appeler « maîtresse » quand on est tous les deux. De l'autre, je suis juste venue me changer, je repars après, je suis très occupée ce matin. On est jour de Mercure aujourd'hui, et toi, tu n'as rien à faire. Donc, tu vas me rendre un service, d'accord ?

— Oui, bien sûr Sana, tout ce que tu voudras.

— Dans une heure, tu te repointes ici, tu fermes la porte à clé, et tu viens finir ce que tu as commencé avec Fleur. Et t'as plutôt intérêt à ce qu'elle y prenne du plaisir !

Il me dévisagea, interloqué, et encore plus rouge qu'auparavant, tandis que Fleur pouffait de rire.

— Je n'ai pas bien entendu ta réponse apprenti Xérios !

— Oui Sana.

— Très bien, maintenant, dégage, je vais prendre mon bain.

Il fila sans demander son reste. Fleur enfila sa robe tandis que je remplissais moi-même la baignoire d'eau tiède. Je fus soudain prise de vertige et de nausée, et me tins sur le bord pour me ressaisir. Je n'avais visiblement pas assez dormi.

— Ça n'a pas l'air d'aller …

— Si, si, ne t'inquiète pas.

— Un souci avec Yacius ?

— C'est un imbécile.

Mon ton sec découragea ma domestique d'en demander plus et elle s'enquit seulement de la robe que je porterais aujourd'hui.

— Pas de robe, juste ma tenue d'entraînement.

— Mais … c'est jour de Mercure aujourd'hui …

— Justement. Les apprentis sont peut-être en repos, mais moi, je n'ai pas l'intention de me reposer.

Une fois prête, je laissai ma chambre aux tourtereaux et me dirigeai vers le rez-de-chaussée, puis la tour des vétérans. Pendant que je me prélassai dans l'eau, j'avais réfléchi à mes options concernant le sortilège de vie éternelle : Xérios était l'un de mes rares amis, mais il n'était qu'un apprenti, plutôt médiocre de surcroît, et il ne connaissait certainement pas cet enchantement. Puis je m'étais souvenu des paroles de Bushan : « *Quand mon père se sera lassée de toi, reviens me voir. Je te formerai.* » Il était temps qu'il tienne sa promesse.

Je n'étais pas revenue dans la tour depuis ma bataille contre le coven de ce prétentieux de Crevan. Je parvins tout de même à retrouver le chemin menant au scriptorium. Je poussai la porte entrouverte et me glissai sans bruit. À l'intérieur, seul le crissement des plumes sur le papier venait fendre le silence apaisant de cette pièce. À pas de loups, je me dirigeai vers le fils de Yacius. Lorsqu'il leva enfin les yeux de son parchemin et me découvris à côté de lui, il me fit signe de l'attendre à l'extérieur.

— Tiens donc, Sana. En voilà une surprise.

— Moi aussi je suis contente de te voir Bushan.

— Que puis-je faire pour toi aujourd'hui ? Tu as d'autres manuscrits sur l'histoire du Temple à étudier ?

— Pas vraiment. Je veux connaître le secret de la vie éternelle.

Il resta un moment à me fixer. Son regard me rappela aussitôt celui de son père.

— Et pourquoi tu ne demandes pas à Yacius ?

— Il a refusé.

— Alors pourquoi c'est à moi que tu le demandes ?

— Parce qu'un jour tu m'as dit que quand ton père se serait lassé de moi, je viendrais te voir et tu poursuivrais ma formation.

— Je doute que mon père se soit lassé de toi. Tu lui as sauvé la vie. Il te vénère plus que tout.

— Il n'a pourtant pas l'intention de passer l'éternité avec moi. Comment tu appellerais ça à ma place ?

— J'ai peur que ce soit plus compliqué que ça …

— Alors, explique-moi !

Il soupira et se retourna en direction du couloir. Il avança de quelques pas et j'en conclus que je devais le suivre.

— Il n'existe pas de sortilège de « vie éternelle » ; c'est une légende.

— Alors comment tu expliques que les mages vivent depuis plus de trois cents ans ?

— Les Sept ont trouvé dans le béalion un moyen de contrer le passage du temps sur leur corps. Ils ne vivent pas éternellement, ils empêchent simplement leur corps de vieillir. Ils ralentissent les effets de la vieillesse. Mais ce sont toujours des mortels.

— Et en quoi est-ce différent ?

— Manipuler son propre corps est douloureux, et surtout très dangereux. Cela demande une maîtrise de soi et une concentration extrême.

— Apprends-moi !

— Non.

— Pourquoi ? Tu penses que j'en suis incapable ?

— Je suis sûr que tu en es capable, ou que tu le seras avec de l'entraînement, mais, Sana, je suis un vétéran, je ne peux pas aller à l'encontre d'une décision d'un mage. D'une décision de Yacius.

— Ah, je vois : le fils chéri ne veut pas désobéir à son papounet !

— Personne au Temple ne t'apprendra ce sortilège si Yacius

s'y oppose.

— Si. Il y a une personne ici qui peut se permettre de s'opposer à lui.

Il lut dans mes yeux ma détermination.

— Et bien, bon courage.

Mes pas décidés me menèrent jusqu'au couloir des bureaux des Sept au rez-de-chaussée. Je frappai à la porte ornée d'un lion, mais personne ne répondit. Alors que je m'apprêtai à repartir, je croisai mon amie Rosadriah. Je réalisai que j'étais vraiment contente de la voir. Rosa était la dernière personne qui me rappelait ma vie d'avant, qui me rappelait d'où je venais. Le dernier souvenir de mon enfance. Elle aussi me souriait et je la serrais dans mes bras.

— Tu vas bien Sana ? Tu es très pâle.

— Ah. Je ne dors pas bien ces temps-ci. Et puis, je n'ai rien avalé ce matin, c'est peut-être pour ça.

— Tu n'as pas eu le temps de prendre ton petit déjeuner ? Je pense que ce n'est pas trop tard, je peux demander aux cuisinières de t'apporter quelque chose.

— Non, sans façon, je suis un peu barbouillée.

— Des nausées matinales ? sourit-elle d'un air taquin qui ne m'amusait pas du tout.

— Qu'est-ce que tu sous-entends ?

— Tu passes toutes tes nuits avec Yacius, ma belle, et ce n'est pas à toi que je vais apprendre comment on fait les bébés …

— J'ai pas vraiment le temps pour tes plaisanteries. T'aurais pas vu Solar par hasard ?

— Je crois qu'il est dehors avec les livreurs.

— Merci. Et enlève ce sourire idiot de ton visage.

Elle éclata de rire avant de s'engouffrer dans le bureau de Kaxas.

Je trouvai effectivement le chef des Sept sur le parvis avec les livreurs. Contrairement à ce que je pensais, il n'était pas en train de les aider à ranger les marchandises, mais de s'enquérir des nouvelles de Kadhrass. J'attendis donc qu'il finisse et profitais du soleil timide de ce début de printemps en m'asseyant sur les marches. Il me rejoignit peu après et s'installa à mes côtés sans rien dire.

— Alors, quelles sont les nouvelles de la ville ?

— L'hiver a été rude. Il y a eu beaucoup de morts.

— Et tu comptes faire quoi ?

Il se tourna vers moi et me dévisagea. Solar avait la particularité de rester impassible et il était très difficile de savoir ce qu'il pensait.

— Qu'est-ce que tu proposes ?

Je fus surprise qu'il me demande mon avis. Je me demandai s'il n'était pas en train de se moquer de moi. Pourtant, je ne me laissai pas démonter.

— Au lieu de faire votre numéro de cirque ici cet après-midi comme tous les jours de Mercure, descendez à Kadhrass et créez directement de quoi manger pour les habitants les plus affamés.

— Cazad et Sigrim ne seront jamais d'accord.

— Bon, ne fais rien alors, comme d'habitude. Depuis trois cents ans.

J'étais agacée de nouveau, après lui, après Yacius, après Bushan, après les hommes en général et en plus j'avais envie de vomir.

— Tu es toute pâle Sana, tu es sûre que ça va ?

— Mais oui, ça va, qu'est-ce que vous avez tous avec ça ce matin ?

— Tu t'es disputée avec Yacius.

— Ça se lit sur mon visage ?

— Non, je t'ai entendu claquer la porte de sa chambre tout à l'heure.

Décidément, même dans un Temple aussi grand, pas moyen d'avoir son intimité. C'est pire que chez Lucretia.

— Il ne veut pas du bébé ?

— Le b… quoi ? Mais je ne suis pas enceinte !

— Tu es sûre ?

— Parce que tu es devin aussi maintenant ?

— Non, mais j'ai fréquenté suffisamment de femmes enceintes dans ma longue vie pour repérer les signes : les nausées, la poitrine, la respiration ...

Je m'aperçus soudain que je n'avais jamais eu une aussi longue discussion en tête-à-tête avec mon géniteur. C'était étrange de nous voir discuter comme si nous avions toujours été proches. Comme si nous nous étions toujours connus ! Et pourtant, je ne connaissais quasiment rien de lui, hormis ce que m'en racontait les histoires. Toutefois, je n'avais pas l'intention de m'attarder sur cette lubie d'enfant imaginaire et déviait la conversation vers le point qui m'intéressait.

— Yacius refuse de m'apprendre comment conserver ma jeunesse pendant trois cents ans.

— C'est pour ça que tu es venue me chercher.

Je sentis dans sa voix le léger regret qu'il avait cherché à dissimuler.

— Personne au Temple ne me montrera comment faire si Yacius s'y oppose.

— Sauf moi.

— Oui. Sauf toi.

— T'es-tu interrogée sur les raisons de son refus ?

— Parce que c'est un égoïste qui compte se débarrasser de moi quand je serai trop vieille pour me remplacer par une jeune minette ?

Il ne put s'empêcher de sourire.

— Régénérer son corps est un processus lent et douloureux, qui ne doit pas être pris à la légère car cela peut causer des lésions irréparables. Nous avons vu des apprentis et des vétérans se détruire de l'intérieur.

— C'est ce qu'on me répète aussi depuis ce matin. Vous sous-entendez tous que je n'en suis pas capable ?

— Bien sûr que si Sana, tu en es capable. Mais tu n'es pas prête. Tu es trop passionnée, trop impulsive. Et surtout, tu es tellement jeune ! Qu'as-tu l'intention de réparer ? Ton corps est parfait !

— Bon, admettons, mon corps est encore en bonne santé, mais dans quelques années ?

— Alors, il sera toujours le moment d'apprendre, tu ne crois pas ? Prends déjà le temps de mettre ton enfant au monde, nous en reparlerons après.

— Mais je ne suis pas enceinte !

Il s'était levé et ne m'écoutait déjà plus.

CHAPITRE 18 : LE NOUVEAU CERCLE DE LA LUNE BLEUE

Je m'étais délibérément installée à la table de Rylf et Xérios au réfectoire. De toute façon, il était plutôt rare que je m'attable avec les Sept sur l'estrade car je n'aimais pas être le centre de l'attention. Rosadriah vint nous rejoindre alors. Nous passions la plupart de nos repas tous les quatre et j'avoue que j'appréciais cette petite routine. Après tant d'années à chasser et voler pour nourrir un coven de garces ingrates, passer les pieds sous la table pour déguster des repas chauds et nourrissants concoctés par d'autres me convenait parfaitement, surtout en compagnie des quelques personnes dont je tolérais la présence.

J'attaquais un morceau de viande, soudain affamée, quand je me rendis compte qu'un silence étrange s'était installé sur le réfectoire d'habitude si bruyant, je relevai la tête pour en comprendre la raison : Solar s'était levé de table pour se diriger vers moi. Les plus hostiles des regards de la salle salivaient déjà d'envie de voir le grand maître du Temple me renvoyer ou me lancer une remarque cinglante ; mais la plupart des apprentis étaient plutôt effrayés à l'idée d'une éventuelle confrontation entre mon père et moi.

Il s'installa sans aucune gêne sur le banc face à moi, tout en poussant Xérios. Je fis mine que sa présence m'importait peu et continuait de grignoter ma viande.

— J'ai réfléchi à ce que tu m'as dit ce matin.

— À propos de la vie éternelle ?

— Non, à propos du rituel de création à Kadhrass.

Surprise, je déposai ma fourchette et déglutis. Voyant qu'il avait capté mon attention, il poursuivit :

— Les autres mages sont d'accord pour descendre après manger sur la place du marché, sauf Cazad qui restera ici pour ne pas laisser le Temple sans surveillance. Nous avons donc besoin d'une septième personne. Comme c'était ton idée, je propose que tu nous accompagnes. Nous t'attendrons à la deuxième cloche sur le parvis. Ne sois pas en retard.

Il repartit comme il était venu, me laissant sous le regard stupéfait de Xérios et Rylf.

J'étais encore sous le choc quand je gagnai l'extérieur à l'heure demandée. J'étais bien trop excitée pour me permettre d'être en retard. C'était insensé ! Un rituel de création dans le centre même de Kadhrass ! Et je prenais la place de Cazad ! Xérios avait tenu à m'accompagner mais Solar avait bien précisé qu'aucun apprenti ne quitterait le Temple. Et puis, il n'était pas question d'effrayer les habitants en débarquant à cinquante. Seuls quelques vétérans triés sur le volet auraient l'honneur de partager cette expérience avec nous.

Le temps était glacial et j'avais revêtu ma lourde cape noire bien épaisse. Yacius m'attendait déjà, les rênes de mon cheval à la main. Il me les tendit dans l'espoir que je lui adresse la parole, mais je me contentai de m'installer sans un mot.

— Bushan m'a raconté que tu étais passée le voir.

— Mais quel rapporteur celui-là !

— Il est venu prendre ta défense, en me reprochant de ne pas t'avoir écoutée. Je ne sais pas ce que tu as fait à mes enfants, mais ils t'adorent tous. Je me suis fait disputer par mon propre fils !

— Et c'est si étonnant ?

Je lui lançai un sourire provoquant avant de claquer les rênes et m'avancer sans l'attendre. Il me rejoignis pourtant rapidement.

— Tu es allée voir Solar aussi.

— Il ne m'a rien montré, si c'est cela qui t'inquiète.

— Je ne doute pas qu'il le fera.

— Il n'en avait pas vraiment l'intention.

— Aujourd'hui, non, mais il le fera.

— Comment tu peux en être aussi sûr ?

— As-tu rencontré beaucoup d'apprentis et de vétérans au bracelet noir au Temple, Sana ?

Je fus surprise de cette question. À vrai dire, je ne m'étais jamais demandé si j'avais des frères et sœurs. Voyant que je tardai à répondre, il prit les devants.

— Non, il n'y en a aucun. Tu sais pourquoi ? De tous les enfants que Solar a eu avant toi, aucun n'a jamais montré aucune appétence pour la magie. Et après Moïra, il n'a connu aucune autre femme. Tu es sa seule et unique enfant encore en vie, Sana, et la seule qui ait jamais manifesté un don pour le béalion.

Je m'arrêtai net et le dévisageai pour chercher s'il plaisantait.

— Sérieusement ?

— Oui. Et c'est pour cela qu'il fera tout pour te garder le plus longtemps possible près de lui.

— Alors que toi non.

Sans lui laisser le temps de s'expliquer, j'accélérai l'allure de manière à ce que toute conversation devienne impossible.

Nous atteignîmes la place du marché en fin d'après-midi. Heureusement, le temps clair et dégagé offrait encore une bonne vision. À cette heure tardive, la place n'était pas aussi bondée qu'en matinée, mais il restait quelques badauds et acheteurs. Découvrant une quinzaine de mages du Temple arriver sur des chevaux, la plupart prit peur et s'enfuit en courant. Seuls quelques curieux téméraires s'écartèrent pour nous laisser passer et nous observer d'un peu plus loin.

Je constatai que Solar avait vraiment le sens du spectacle. À aucun moment les mages ne se découvrirent et les Kadhrassi présents ignorèrent tout de leur identité.

Sans un seul mot, ils se placèrent tout autour de la fontaine centrale. *Vie et Mort.*

La vision de cette dernière me rappela le corps de Jez suspendu au-dessus de l'eau. Contrairement à ce dont je m'étais attendue, Solar ne se plaça pas au centre du cercle, mais à la droite de Yacius. D'un simple geste de la main, il m'invita à prendre sa place au milieu.

Hésitante, je m'avançai près de la fontaine. Je n'avais aucune idée de ce que Solar attendait de moi. Avait-il l'intention de me punir d'avoir eu cette idée ? Voulait-il que je me ridiculise devant les autres mages et vétérans ? Je pris une grande inspiration, consciente de ce qui était en train de se jouer. Devant un tel public, je ne pouvais pas échouer. C'était mon idée, et si je ne me montrais pas à la hauteur du rituel de création, je perdrais toute crédibilité au Temple.

Je fermai les yeux et tendis les bras vers les six mages. Je sentis soudain une puissance extraordinaire affluer vers moi, bien plus forte que tout ce que j'avais pu ressentir. Les Sept étaient extrêmement puissants. Mais je l'étais aussi. J'en pris soudain conscience : j'étais capable d'absorber toute cette énergie et de la maîtriser. Je me sentais telle une déesse, en mesure de créer n'importe quoi.

Je réfléchis à toute allure. De quoi avait besoin tous ces gens ? De nourriture, bien sûr. J'imaginais d'abord des poules, grassouillettes et fertiles, pondant de gros œufs frais, puis des moutons au lainage épais et chaud, un énorme cochon bien gras, et des pieds de haricots, des carottes, des choux, un immense pommier aux pommes juteuses et pour faire plaisir à Fogan, un noisetier parfait.

Je m'aperçus aussitôt que les Six stoppèrent leur magie. Je sentis soudainement une intense fatigue et je manquai de peu de m'effondrer. J'ouvris les yeux et découvris avec stupeur la place du marché totalement transformée. L'endroit d'habitude si gris et terne était à présent recouvert de végétation parmi laquelle déambulaient des animaux. Les Kadhrassi présents s'extasièrent. Certains pleuraient de joie, d'autres tombaient à genoux, refusant de croire à ce miracle, balbutiant des remerciements.

Solar et les cinq mages qui l'accompagnaient n'avaient pas l'intention de s'attarder ici et se dirigèrent toujours sans un mot vers leurs chevaux. Je devinais qu'ils étaient, tout comme moi, totalement épuisés et n'avaient pas envie de révéler leur état de faiblesse à la populace. Ils étaient vénérés comme des dieux et ne pouvaient se permettre de perdre la crainte qu'ils inspiraient pour se faire respecter.

Je m'apprêtai à les suivre lorsque je sentis une petite main se glisser dans la mienne. Je sursautai en découvrant une fillette d'à peine six ans. Elle n'était visiblement pas effrayée par mon pouvoir. Elle tenait dans sa main une pomme juteuse qu'elle croquait à pleine bouche.

— Merci jolie dame.

Elle avait une bouille ronde et crasseuse, au teint hâlé et aux grands cheveux noirs bouclés ébouriffés. Elle portait une vieille cape grise trouée, bien trop légère pour la protéger du froid. Sa main était glacée. C'est alors que j'aperçus à son poignet un bracelet argenté. Une fille de Kaxas. Je détournai le visage en direction des autres mages mais il ne restait que Yacius pour m'attendre.

— Comment tu t'appelles ?

— Ruby.

— De rien Ruby. Dépêche-toi de choper d'autres fruits avant que les autres ne piquent tout.

— Tu crois que moi aussi je pourrais faire ça ?

Sa question me prit au dépourvu. Ses grands yeux noirs me

fixaient intensément, plein d'espoir. Elle était une fille, et par conséquent, on n'avait jamais testé le béalion sur elle.

— Où est ta mère ?

— Elle est morte. Je vis avec ma grand-mère. C'est une vieille femme méchante qui me tape tout le temps. Elle se plaint parce que ma mère s'est faite engrossée par un mage et que maintenant c'est à elle de me nourrir alors qu'elle n'a pas d'argent. Ça veut dire quoi « *engrossée* » ?

Je souris. Elle avait le regard pétillant de Rosa quand celle-ci était de bonne humeur. Au loin, j'aperçus Yacius qui s'impatientait en m'attendant. Pourtant, cela me réjouissait de le faire poireauter encore un peu. Surtout que ce que je m'apprêtais à faire allait à l'encontre des lois du Temple. Je m'abaissais à hauteur de la fillette.

— Et si tu pouvais créer quelque chose, que choisirais-tu ?

— Un chien ! Comme ça, il mordait grand-mère chaque fois qu'elle veut me frapper !

Pour son jeune âge, elle avait déjà un fort caractère et elle me plut aussitôt.

— Écoute Ruby, je suis très fatiguée à cause du rituel de création, donc je te prête ma pierre magique, et tu vas essayer de générer ta bestiole toi-même.

Elle saisit mon collier comme si c'était un trésor. Elle la serra dans ses mains et, à mon grand étonnement, la pierre s'illumina. Elle se concentra très fort, en plissant les yeux. J'étais épuisée, pourtant, je posai ma main sur la sienne. Je sentis sa puissance rencontrer la mienne. Lorsque nous ouvrîmes les yeux, un petit terrier blanc se trouvait devant nous.

— Oh, il est trop mignon ! s'exclama Ruby en le prenant dans ses bras. Je vais l'appeler Neige !

Pendant ce temps, Yacius s'était approché, d'un air évidemment réprobateur. Voyant que j'éprouvais des difficultés à me relever, il me tendit la main et me hissa d'un geste brusque.

— Je peux savoir ce que tu fabriques ?

— Et bien quoi, maître Yacius ? Vous avez tous votre coven d'apprentis. Pourquoi est-ce que je n'aurais pas le mien ?

— C'est une fille …

— Bien vu ! Moi aussi j'en suis une, au cas où tu ne l'aurais pas remarqué.

— Les autres mages n'accepteront jamais.

— Peut-être, mais lequel aura le cran de s'opposer ouvertement l'unique fille de Solar, celle qui a sauvé la vie de Yacius ?

Il soupira. Je savais que ce serait compliqué, mais si je n'agissais pas aujourd'hui, rien ne changerait jamais au Temple.

— Ruby, ça te tente de laisser la vieille mégère pour venir

avec moi ?

Le retour au Temple à la nuit tombée se déroula dans une ambiance tendue. Yacius boudait mais n'avait pas l'intention de nous laisser, la fillette et moi, arpenter le chemin sombre toutes seules. Une fois parvenus à l'abri, il disparut sans un mot, tandis que j'accompagnais Ruby dans la chambre de sa sœur. Rosadriah fut enchantée de sa mignonne petite bouille ronde avec son adorable chiot, et entreprit de la décrasser dans un bain, puis de lui trouver des vêtements à sa taille. Je lui indiquais juste que je l'attendais le lendemain matin à la neuvième cloche dans la salle de création pour commencer son entraînement.

Avant d'entrer dans ma propre chambre, je me surpris à frapper avec la peur de surprendre une nouvelle fois Fleur et Xérios dans une situation compromettante. Heureusement, seule ma servante m'attendait avec un léger dîner. Je m'écroulai dans le fauteuil, soudain vidée de toute énergie.

— Tout le Temple ne parle plus que de vos prouesses de cet après-midi, Sana ! Cazad fulmine de ne pas avoir été présent ! Vous lui avez volé la vedette !

Je souris malgré la fatigue en imaginant le mage au bracelet jaune s'énerver tout seul. J'avais terminé de manger lorsque Yacius débarqua sans prévenir, comme à son habitude. Il congédia Fleur sans ménagement et ferma la porte à clé pour venir s'installer sur le fauteuil face à moi. Il me dévisagea et je soutins son regard jusqu'à ce qu'il plie.

— Bon, j'ai parlé à Solar. À propos de la fille de Kaxas que tu as ramené ici.

— Et ?

— Et il a dit qu'il n'était pas contre le fait que tu formes ton propre coven. Que c'était même une bonne idée pour te rendre plus responsable et plus mature.

— Alors pourquoi as-tu encore l'air si fâché ?

— Je ne suis pas fâché Sana, je suis inquiet pour toi ! Je n'ai aucune idée de la façon dont les autres mages, et les autres vétérans vont réagir ! Ils vont certainement chercher à s'en prendre à Ruby et à toi !

— Et tu me trouves trop faible pour me défendre ? Yacius, ton attitude paternaliste est insupportable, même mon père me fait plus confiance que toi ! Je suis puissante, peut-être même plus que toi, alors arrête de m'infantiliser !

Il pâlit soudainement et resta un instant silencieux, perdu dans ses réflexions.

— Tu as sans doute raison. Je n'ai jamais rencontré une femme aussi forte que toi Sana. Je ne sais jamais comment me comporter avec toi. Tu es tellement … déstabilisante …

— Oui, je suis forte, et que tu le veuilles ou non, je parviendrai à trouver le sortilège de vie éternelle.

— Tu t'es méprise sur les raisons de mon refus. Je n'ai pas l'intention de me débarrasser de toi pour une minette plus jeune. Je veux te garder près de moi pour l'éternité.

— Alors pourquoi refuser de m'apprendre ?

— Une fois que tu auras compris comment modifier ton corps, tu pourras en faire tout ce que tu veux. Tu pourrais complètement changer ! Et je t'aime telle que tu es, Sana, tu es parfaite ainsi ! C'est très égoïste de ma part, mais je ne veux pas que tu changes ! Et puis, tu es si puissante, que quand je t'aurai montré ce sortilège ultime, tu n'auras plus besoin de moi. Ce que je crains, c'est que ce soit toi qui te lasses de moi.

Je l'observai, surprise de cet aveu. Mon cœur en colère se radoucit face à son air de chien battu.

— Tu as peur que je te quitte ? Tu penses qu'une fois que tu m'auras tout appris, je partirai ? Yacius, je ne peux pas prédire si notre amour survivra à des centaines années ensemble, mais j'ai bien l'intention de profiter de toi le plus longtemps possible !

Je pris sa main au-dessus de la table.

— Et puis, d'après Solar, il se pourrait que j'attende un enfant … alors, tu n'es pas prêt d'être débarrassé de moi … Je n'ai pas l'intention d'élever ce gamin toute seule.

Il se figea, dans une expression confuse entre la surprise et l'incrédulité. Il se leva, s'avança vers mon siège, et s'écroula à genoux, les larmes aux yeux, les mains sur mon ventre.

— Oh, Sana, chuchota-t-il, comment j'ai pu ne pas m'en rendre compte avant ?

— Parce que tu es un idiot égoïste, maître Yacius, ricanai-je. Il est temps que tu apprennes à voir plus loin que le bout de ton nez.

Il m'enlaça avec force et amour. Toute ma colère après lui s'envola. À partir de cet instant, je sus qu'il nous restait encore de longues années à vivre heureux ensemble.

ÉPILOGUE

Une nouvelle contraction me déchira le ventre. Je hurlai de douleur, pestant contre la magie incapable de me permettre d'enfanter sans souffrance. Fleur badigeonnait mon front d'un linge humide toutes les dix secondes, ce qui m'exaspérait davantage. Je la chassai d'un geste de main rageur. Rosadriah, sereine, scrutait mon vagin afin de guetter l'apparition prochaine de la tête. Une main posée sur mon ventre, elle m'indiquait le moment opportun pour pousser. Voilà près de cinq heures que le travail avait commencé et j'étais épuisée, affamée et en sueur. Des gouttes de lait perlaient déjà de ma poitrine gonflée.

— Tu y es presque Sana ! Ne te décourage pas maintenant !

Un an auparavant, l'idée même d'avoir un enfant n'était pas envisageable. Mais aujourd'hui, à l'abri du besoin dans le Temple des Sept, choyée comme une reine par un amant amoureux, un père affectueux, des amis sincères et des apprenties obéissantes, j'avais admis sans crainte la venue de ce petit être, fruit de folles nuits enivrantes et d'un amour passionné.

Jusqu'au bout de ma grossesse, j'avais poursuivi la formation de mon premier coven constitué de sept filles triées sur le volet.

Elle constituait le Cercle de la lune bleue. Connaissant mon caractère bien trempé, je n'avais admis que de jeunes magiciennes timides et fragiles, et avait écarté les comportements rebelles et hautains. Certains apprentis mâles n'avaient pas accepté aussi facilement que les mages l'arrivée de notre groupe, et les premiers mois m'avaient contraint à imposer mon autorité de manière parfois un peu violente. A présent, tous me respectaient. Même Sigrim consentait à prendre quelquefois ses repas à ma table. J'avais trouvé ma voie, ma raison de vivre.

Un dernier effort surhumain s'acheva sur la sensation d'une libération soudaine. La tête était sortie. Avec l'aide de Rosa, j'extirpai le petit être de mon corps. Il se mit à pleurer d'une voix fluette et je le déposai sur ma gorge.

— Sana, c'est une magnifique petite fille, s'émerveilla Fleur, émue.

Ivy, au pied du lit, vint renifler l'étrange nouvelle petite chose rose et bougea sa queue en signe d'approbation. Fleur enveloppa avec douceur le bébé d'une chaude couverture tandis que Rosa s'essuyait les mains dans un linge propre. Elle se dirigea ensuite vers la porte où j'imaginais Yacius en train de piétiner. Dès l'ouverture, il se précipita à l'intérieur et se jeta à genoux près du lit.

— Espérance, voici ton père.

Le mage avait les larmes aux yeux. Ce n'était pourtant pas son premier enfant. J'avais même craint sa réaction quand il découvrirait que ce n'était pas un garçon. Pourtant, il était comblé.

— Sana, tu fais de moi le plus heureux des hommes.

Solar vint nous rendre visite quelques temps après. Yacius n'avait pas quitté mon chevet et dévorait des yeux avec amour son enfant repu endormi sur mon sein.

— Alors, c'est une fille, évidemment, soupira mon géniteur. De ta part, il ne pouvait en être autrement.

Il caressa la chevelure rousse naissante sur le petit crâne, puis sortit de sa poche un bracelet de cuir. Le bijou ne ressemblait à aucun autre existant : il était tressé de deux couleurs, le bleu et le noir. Il l'attacha au minuscule poignet.

— Un symbole unique, pour une petite-fille unique. Bienvenue au Temple, jolie Espérance. Avec deux parents aussi puissants et rebelles, nos ennuis ne font que commencer…

Nous éclatâmes de rire.

À Kadhrass, cité de la mort et de la magie, la vie n'avait jamais été si douce.

REMERCIEMENTS

Dans un premier temps, je veux dire un énorme MERCI à Leticia mon éditrice et la première fan du Cercle de la lune bleue (et de Yacius !) pour le travail qu'elle a effectué sur mon manuscrit, la mise en page, la correction, la couverture… et surtout pour sa disponibilité et sa gentillesse !

Je remercie également les membres du comité de lecture d'Encre de lune d'avoir choisi mon histoire parmi les autres, j'en suis très flattée.

Parce que ma vie d'auteure n'existerait pas sans les personnes qui me sont le plus proches, je remercie pour leur soutien sans faille, leur fierté pas très objective et leurs encouragements, ma famille : mon mari, mes enfants Noah et Nessa les amours de ma vie, mes parents, mon frère et ma belle-sœur, ma belle-famille adorée et mes amis, en particulier mes lectrices Lucie, Émilie, Clémence et Emma.

Enfin, je vous remercie, vous, mes lecteurs, qui me suivez depuis le début ou qui venez seulement de découvrir mon univers, pour partager avec moi les histoires issues de mon imagination.

J'espère que les aventures de Sana et Yacius vous auront plu autant qu'à moi.

SUSIE NORMAN